ADLAIS

Argraffiad cyntaf: Gorffennaf 1991

Dymuna'r cyhoeddwyr gydnabod cymorth
adrannau Golygyddol a Dylunio'r Cyngor
Llyfrau Cymraeg.

Llun y clawr blaen: Keith Morris

Rhif Rhyngwladol: 0 86243 252 9

Argraffwyd a chyhoeddwyd yng Nghymru
gan Y Lolfa Cyf., Talybont, Ceredigion SY24 5HE;
ffôn (0970 86) 304, ffacs 782.

ADLAIS

SHONED WYN JONES

y Lolfa

I
Stephen
am y syniad

PENNOD 1

SAFODD y bws o flaen mynedfa'r eglwys. Cododd yr athrawes ar ei thraed.

'Dyma ni wedi cyrraedd,' meddai, gan nodi rhywbeth cwbl amlwg yn ei llais main. Wrth glywed chwerthin uchel o'r sedd gefn tybiai Llio fod Gwawr Daniels yn dynwared yr athrawes unwaith eto.

Nid oedd Eirianwen Price yn athrawes boblogaidd iawn yn Ysgol Penmorfa. Perthynai ei dulliau dysgu Hanes i'r hen ysgol ramadeg a dim ond y mwyaf diwyd a ymhyfrydai yn y pwnc. Ym meddyliau'r disgyblion roedd Miss Price yn ddarlun go iawn o hen ferch bigog a chwerw.

'Gwawr Daniels!' gwaeddodd yr athrawes eto. 'Rhowch y gorau i'r cadw reiat 'na neu mi fyddwch chi'n aros ar y bws!'

'Sori, Miss,' atebodd Gwawr yn hollol ddi-hid.

Roedd Gwawr yn ferch boblogaidd ymhlith ei chriw ei hun, er bod ochr eithaf cas iddi. Gallai fod yn gegog ac yn sbeitlyd a gwelid hi yn aml yn pigo ar y rhai mwyaf distaw a swil yn y dosbarth. Nid oedd Llio a hithau yn rhyw lawer o ffrindiau. Dioddefodd Llio flas ei thafod fwy nag unwaith ac ni chyfrifid hi yn un o'r criw. Roedd Llio yn fwynach ei chymeriad na Gwawr; ddim hanner mor swnllyd ond yn hwyliog ymysg ei ffrindiau ei hun.

'Wsti be, Llio,' meddai Rhys wrth ei hochr, 'mi fasai'n well o lawer gen i fod yn yr ysgol, yn lle rwdlian o gwmpas rhyw hen eglwys a mynwent fel hyn!'

'Rhys!' ebychodd Llio gan smalio bod o ddifrif. 'Colli cyfle i ychwanegu at dy waith prosiect T.G.A.U.' Gwenodd yn gellweirus arno.

Edrychodd Rhys ar ei wats. 'Mi faswn i ar y cae bellach yn barod am gêm dda o rygbi.'

Sylweddolodd Llio eu bod yn colli gwers ymarfer corff ond iddi hi nid oedd hynny yn achos tristáu.

'Tyrd, wir,' meddai wrth Rhys, 'neu bydd Miss Price yn gweiddi eto.'

Cododd Rhys a dilynodd Llio ef allan o'r bws. Teimlai'n falch o fod yn gariad iddo a hynny ers tri mis bellach. Roedd o'n olygus ac yn gapten tîm rygbi'r ysgol. Chwaraeon oedd ei fyd, ac er nad oedd Llio yn or-hoff o ymarfer corff nid amharai hyn ar eu perthynas.

'Wedi i chi fynd allan o'r bws,' meddai Miss Price, 'dw i am i chi ffurfio llinell bob yn ddau. Mi awn ni i mewn i'r eglwys i ddechrau i astudio'r bensaernïaeth. Mae 'na fedd diddorol oddi mewn hefyd.'

'Hen iâr ydy hon,' meddai Gwawr yn uchel

o'r cefn. 'Disgwyl i ni fod fel plant bach. Mewn llinell, wir!'

Eglwys fechan oedd hi, syml ei hadeiladwaith. Tybid iddi gael ei chodi yn y bedwaredd ganrif ar ddeg. Safai ar fryn yn edrych allan i'r môr. Roedd y tir o'i chwmpas yn anwastad ac o ganlyniad nid oedd patrwm unffurf i'r cerrig beddau. Roedd y rhan fwyaf ohonynt gannoedd o flynyddoedd oed bellach a dim ond y mwyaf cadarn a ddaliai'n unionsyth.

Wedi dod oddi ar y bws aeth Llio at ei ffrind, Mair ac aeth Rhys at griw o'r bechgyn.

'Dewch 'mlaen,' meddai Miss Price, 'bob yn ddau a dim camymddwyn! Reit 'te, dilynwch fi.'

Agorodd y drws yn ofalus fel pe bai arni ofn iddo ddisgyn yn ddarnau yn ei llaw, a dilynodd y plant hi, pob un â llyfr nodiadau a holiadur i'w lenwi ar ddiwedd y daith.

Pan oedd Llio ar fin mynd i mewn i'r eglwys, gollyngodd ei llyfr nodiadau ac wrth blygu i'w godi, teimlodd yn benysgafn. Gafaelodd ym mraich Mair.

'Wyt ti'n iawn?' gofynnodd Mair.

'Wn i ddim,' atebodd Llio. 'Rhyw deimlo'n rhyfedd wnes i am funud. Teimlo'n boeth ac yn oer yr un pryd.'

Safodd Llio yn ei hunfan am ychydig a gwelodd Mair ei gwrid yn dychwelyd yn raddol.

'O dyna ni,' meddai a gwên wan ar ei

hwyneb, 'dw i'n iawn rŵan.'

'Wyt ti'n siŵr?' holodd Mair. 'Mi a' i i nôl Miss Price.'

'O na!' meddai Llio. 'Wyt ti am i mi deimlo'n waeth?' Chwarddodd y ddwy.

Roedden nhw ar fin dilyn y lleill i mewn i'r eglwys pan sylwodd Llio ar Gwawr yn sefyll yng nghysgod y drws.

'Be wyt ti'n 'neud yn fan 'ma?' gofynnodd iddi.

'Fedra i ddim diodda eglwysi. Hen lefydd oer, codi ias ar rywun. Rydw i am ddiflannu.'

'Ond Gwawr . . .' Roedd Llio am geisio ei darbwyllo cyn i Mair roi pwniad iddi.

'Gad lonydd. Hi aiff i drwbwl.'

Gwenodd Gwawr yn haerllug arnynt cyn mynd o'r golwg heibio i ochr yr eglwys. Aeth Llio a Mair i mewn. Roedd Miss Price wedi dechrau egluro ffurf yr eglwys ac roedd Llio yn falch o fod yn sefyll yn y cefn gan nad oedd hi'n teimlo'n dda o gwbl. Gwelai Rhys yn sefyll ychydig i'r dde oddi wrthi a golwg wedi diflasu ar ei wyneb. Ceisiai beidio â chwerthin a theimlodd yn boeth unwaith eto. Edrychodd i fyny ar y to cerrig a'r trawstiau noeth a daeth rhyw gyfog mawr i'w gwddf. Teimlai'n oer nawr. Canolbwyntiodd ei holl synhwyrau ar beidio â llewygu a gwneud ffŵl ohoni ei hun.

Yn sydyn peidiodd Miss Price â siarad.

'Ble mae Gwawr Daniels?' gofynnodd. 'Oes rhywun wedi'i gweld hi?'

Ni ddywedodd neb air. Sylwodd Miss Price ar Llio'n sefyll wrth y drws.

'Gwenllian Haf. Ewch i chwilio amdani a dwedwch wrthi hi am ddod yma'n syth!'

Llwyddodd arferiad Miss Price o ddefnyddio'i henw llawn i symud meddwl Llio ac roedd yn falch o'r cyfle i fynd allan i'r awyr iach. Safodd yn y fynedfan am ychydig gan bwyso'i thalcen yn erbyn y garreg oer.

'O dyna braf!' meddyliodd, gan deimlo'n well ar unwaith.

Dechreuodd gerdded heibio i ochr yr eglwys a sylwodd ar yr olygfa fendigedig allan i'r môr. Roedd awel braf yn chwarae o gwmpas ei gwallt. Doedd dim golwg o Gwawr yn unman. Cerddodd ymlaen am ychydig eto a sylwedd-olodd ei bod yn dilyn llwybr cul. Roedd hi wedi gadael ochr yr adeilad yn awr ac roedd beddau o bob tu iddi. Gwelodd fod rhai ohonynt yn hen iawn. Parhaodd i ddilyn y llwybr a oedd yn arwain i lawr tuag at y wal a amgylchynai dir yr eglwys. Tyfai'r coed yn drwchus ac ni allai weld ei ffordd yn glir o'i blaen. Dim ond un neu ddau o feddau oedd yn y fan hon. Gwthiodd Llio heibio i'r tyfiant ac yna fe'i gwelodd.

Safai Gwawr wrth ymyl bedd a wynebai'r wal a oedd rhwng y fynwent a'r môr. Syllai ar yr ysgrifen, a'i gwallt hir du yn chwythu o amgylch ei phen. Edrychodd i fyny pan glywodd sŵn traed Llio yn dynesu.

'Sut gwyddet ti 'mod i yma?' gofynnodd yn

gas. 'Wyt ti wedi bod yma o'r blaen?'

'Naddo,' atebodd Llio yn ddistaw, wedi dychryn braidd wrth weld tymer Gwawr. Synnwyd hi hefyd gan mor ddel yr oedd Gwawr. Ni feddyliodd am hynny erioed o'r blaen. Doedd Gwawr ddim yn dlws, ond yn ddel mewn ffordd galed, dywyll ei gwedd.

'Wel?' meddai Gwawr eto, yn amlwg yn disgwyl eglurhad.

'Miss Price a'm hanfonodd i. I chwilio amdanat ti.'

Daeth panic sydyn i lygaid Gwawr. 'Dwyt ti ddim yn teimlo'r dynfa?' gofynnodd. Cyn i Llio gael cyfle i ateb roedd Gwawr ar ei gliniau wrth y garreg fedd ac wrth weld nad oedd hi am symud, camodd Llio yn nes.

Roedd mwsog wedi tyfu'n dew ar y garreg, ac roedd hi'n anodd iawn darllen yr hyn a oedd wedi'i gerfio arni. Penliniodd Llio a byseddodd yr wyneb i geisio darllen yr ysgrifen. Gallai weld fod rhai geiriau ar goll, fel petaent wedi treulio oddi ar wyneb y garreg.

'Annette Wesley,' darllenodd yn uwch. 'Wife of Captain . . . ' Arhosodd gan fod y gweddill ar goll. 'Late of Pinewood Grange . . . Mae hwn yn Saesneg,' meddai gan nodi rhywbeth hollol amlwg. Cyrhaeddodd ei bysedd y geiriau nesaf.

'Died September seventh, eighteen sixty . . . two, dw i'n meddwl . . . Aged thirty . . . four. O, am ifanc yntê?'

Trodd i edrych ar Gwawr, ond ni ddywedodd honno'r un gair, dim ond dal i syllu ar y bedd.

Dechreuodd Llio ddarllen eto. Roedd y rhan nesaf yn gliriach a gallai ei darllen yn weddol rwydd.

'Mourn not my children, husband dear,
I am not dead, but sleeping here . . .'

Arhosodd Llio cyn darllen ymlaen, ei llais yn crynu ryw ychydig, yn amlwg wedi cynhyrfu.

'My care is gone and all my sorrow,
Prepare yourselves, for soon you'll follow.'

Ni wyddai Llio p'run ai effaith y geiriau neu chwerthin aflafar Gwawr a achosodd iddi ddisgyn yn ôl. Trodd i wynebu Gwawr a oedd bellach yn sefyll rhyngddi hi a'r haul, a syllodd yn syn arni. Roedd ei phen yn ôl yn awr, ei cheg yn agored a'r sŵn chwerthin mwyaf hunllefus yn codi o berfeddion ei henaid. Crynai Llio yn llythrennol. Peidiodd y chwerthin. Plygodd Gwawr tuag ati a rhyw wên filain ar ei hwyneb. Fflachiai ei llygaid tywyll fel petaent yn treidd-io drwy Llio a byrlymodd ei gwallt dros ei hysgwyddau.

Teimlodd Llio sgrech yn ei gwddf yn ymladd i ddod allan ond ni ddaeth yr un sŵn o'i genau.

'Ddychrynaist ti, Llio fach?' Daeth Gwawr yn nes ati a chwarddodd eto.

Cododd Llio ar ei thraed ond gafaelodd Gwawr yn ei braich a'i gwthio yn ôl i'r llawr.

'Ond mae 'na fwy i ti ddarllen, Llio fach,' meddai mewn llais sbeitlyd. 'Darllen yn uchel nawr, fel o'r blaen.'

Gwasgai Gwawr ei braich mor dynn fel y bu'n rhaid i Llio ufuddhau. Daliodd Gwawr ei gafael ynddi a byseddodd y geiriau gyda'i llaw rydd. Dechreuodd Llio ddarllen. Bu bron iddi â gweiddi gan y boen yn ei braich ond ni feiddiai gythruddo Gwawr.

Doedd dim modd gweld enw cyntaf y gŵr gan fod tyfiant trwchus wedi gadael ei ôl ar y garreg.

' . . . Wesley. Died at . . . ' Mwy o eiriau ar goll.

' . . . Coast of Africa. May . . . Eighteen sixty eight. Late Captain of the ship . . . of Liverpool. Forty five years old. . . . at Snake Island.' Sylwodd Llio fod Gwawr yn ceisio crafu'r tyfiant oddi ar y garreg â'i hewinedd ac wrth wneud hyn gollyngodd ei gafael ym mraich Llio. Wrth godi ar ei thraed gwelodd Llio mai adnod Gymraeg oedd ar waelod y garreg.

'Hei! Be 'dach chi'n wneud?' Torrodd llais Rhys ar eu traws fel yr oedd Llio'n cerdded i ffwrdd. Rhedodd Llio ato'n syth.

'Ma' Miss Price yn mynd yn gandryll!' meddai Rhys gan afael am ei hysgwydd.

Trodd Gwawr atynt, ei hwyneb a'i hosgo yn awr wedi ymlacio'n llwyr.

'Gad iddi, yr hen sguthan,' atebodd Gwawr.

'Llio oedd yn mynnu darllen rhyw hen eiriau brawychus ar y garreg fedd 'ma. Fedrwn i ddim ei chael hi o 'ma.'

O'r ast gelwyddog! meddyliodd Llio, ond teimlodd yn rhy wan i'w hamddiffyn ei hun.

Cerddodd Gwawr at Rhys ac anwesodd ei rudd â'i llaw.

'Pam? Oeddet ti'n poeni?' gofynnodd yn gellweirus.

Chwarddodd Rhys ac yna gwelodd waed ar flaenau bysedd Gwawr. 'Be wyt ti wedi'i neud i dy law?' gofynnodd.

'O, Llio'n mynnu i mi geisio crafu'r mwsog oddi ar y garreg. Doedd ganddi hi ddim nerth, medda hi.' Sylwodd Gwawr ar Llio'n rhwbio'i braich. 'Ac mi ddaru hi frifo'i braich hefyd,' ychwanegodd.

Cyn i Llio gael cyfle i ateb, clywodd lais Miss Price o'r ochr arall i'r gwrych.

'A dyma chi, y tri ohonoch chi. Gwawr Daniels, rydych chi'n peri trafferth i mi o hyd ac o hyd, a rydw i'n synnu atoch chi, Gwenllian Haf. Ro'n i'n meddwl y gallwn i ddibynnu arnoch chi i ddod o hyd i Gwawr a dychwelyd yn syth, dim loetran mewn lle anghysegredig fel hwn! A chithau, Rhys Pritchard, yn siarad yn fan 'ma, a finnau wedi'ch siarsio chi i frysio. Dewch, wir. Rydyn ni wedi gwastraffu digon o amser yn barod.'

Wrth iddynt i gyd ddychwelyd i'r bws daeth Mair at Llio.

'Wyt ti'n dal i fod yn sâl?' gofynnodd.

'Nac ydw,' atebodd Llio. 'Wedi blino braidd, dyna i gyd.'

Roedd Gwawr yn llawn hwyliau ar y ffordd adref, yn arwain pawb i ganu, ond tawedog iawn oedd Llio. Ni allai ddileu ymddygiad Gwawr a'i chwerthiniad dychrynllyd o'i meddwl. Ni soniodd am hyn wrth Rhys a eisteddai wrth ei hochr, ond câi gysur wrth deimlo'i law yn gafael am ei llaw hi wrth iddi geisio dadansoddi'r digwyddiadau yn ei meddwl.

'Wyt ti am ddod allan heno?' gofynnodd Rhys.

'Na, ddim heno,' atebodd Llio. 'Rydw i wedi blino braidd ac mae gen i waith cartref erbyn fory.'

'O'r gorau,' meddai Rhys, gan gofio fod ganddo yntau waith cartref hefyd, 'mi ffonia i di tua naw.' Gwenodd Llio arno a chaeodd ei llygaid. Cysgodd yn ysgafn nes iddyn nhw gyrraedd yr ysgol.

'Wyt ti'n siŵr na chym'ri di ddim te?' gofynnodd mam Llio iddi.

'Ydw, wir. Efalla y cym'ra i rywbeth ysgafn i swper yn nes ymlaen.'

Roedd Megan Evans yn ymbalfalu yn y drôr wrth siarad â'i merch. 'O, dyma fo,' meddai, wedi troi y cynnwys ben ucha'n isa', a daliodd thermomedr i fyny at y golau i'w ddarllen cyn ei ysgwyd yn bwrpasol. 'Rho hwn dan dy dafod,' meddai, gan sodro'r teclyn yng ngheg ei merch.

Chafodd Llio ddim cyfle i brotestio, hyd yn oed pe bai ganddi nerth i wneud hynny. Roedd hi'n teimlo'n hollol luddedig a gobeithiai nad oedd hi wedi dal rhyw feirws gan ei bod yn edrych ymlaen at ddisgo'r ysgol nos Wener.

Tynnodd ei mam y thermomedr yn ddiseremoni o'i cheg a daliodd ef unwaith eto at y golau.

'Does gen ti ddim gwres 'chwaith, er bod gwrid arnat ti pan ddoist ti adre. Wn i'm be sy'n bod ar y Miss Price 'na, wir. Mynd â chi i ryw fynwent fel 'na ganol hydref. Ac i be, neno'r Tad?'

'Gwaith prosiect, Mam,' meddai Llio'n amyneddgar. 'Rhaid i ni i gyd ysgrifennu traethawd bach i gwblhau'r prosiect fel rhan o'r cwrs.'

'O, felly. Wel, am dy wely â thi, 'merch i. Mi gei di feddwl am dy brosiect fan honno. Mi ddo' i â diod boeth i ti mewn munud.'

'O'r gorau,' meddai Llio, yn falch o'r cyfle i gael gorffwys ac ymlacio.

Arferai Rhys gerdded adref o'r ysgol yng nghwmni un neu ddau o'i ffrindiau a oedd yn byw yn agos ato. Heddiw, gan eu bod ychydig yn hwyrach nag arfer doedd dim golwg o'r bechgyn.

Mab i reolwr banc oedd Rhys, yn byw mewn

tŷ braf ychydig y tu allan i'r dref ond heb fod yn rhy bell o'r ysgol. Roedd ganddo un brawd hŷn a oedd yn awr ar ei ail flwyddyn yng Ngholeg y Brifysgol, Aberystwyth. Roedden nhw'n byw yn Llanrhodyn ers deng mlynedd bellach, wedi i'w dad gael ei symud efo'r banc. Gweithiai ei fam fel ysgrifenyddes yn un o ysgolion cynradd y dref. Roedd y teulu yn hapus iawn eu byd ac yr oedd Rhys yn boblogaidd ymysg ei gyfoedion.

'Hei!'

Clywodd lais merch y tu ôl iddo. Trodd Rhys a gwelodd mai Gwawr oedd yn galw arno. Arhosodd amdani.

Be ma' hon isio rŵan? meddyliodd.

'Ar ben dy hun wyt ti heddiw?' gofynnodd Gwawr wrth nesu ato.

'Ia,' atebodd yntau. 'Y bechgyn wedi mynd.'

'Ar dy gariad di roedd y bai,' meddai Gwawr yn chwareus, 'yn gwastraffu amser yn y fynwent 'na.'

Nid atebodd Rhys. Roedd rhywbeth yn agwedd Gwawr yn gwneud iddo deimlo'n anghysurus a gallai ei deimlo'i hun yn gwrido.

'Be wyt ti'n 'neud yn fan 'ma?' gofynnodd iddi. Gwyddai ei bod yn byw i'r cyfeiriad arall o'r ysgol.

'Dy weld di wnes i, a meddwl y basen ni'n cael sgwrs.'

Roedd tôn ei llais yn heriol a theimlodd Rhys ei hun yn gwrido eto. Edrychodd arni. Roedd hi'n ddel iawn, ond mewn ffordd wahanol i Llio. Tra oedd Llio yn bryd golau, gwallt du eithaf hir oedd gan hon, ei llygaid a'i chroen yn dywyll. 'Deniadol' fyddai'r gair i'w disgrifio, nid tlws. Roedd Llio yn *dlws*.

'Sgwrs am be felly?' gofynnodd Rhys.

'Am y disgo nos Wener.'

'O.'

'Rwyt ti'n mynd yn'd wyt?' holodd Gwawr.

'Ydw. Hefo Llio.'

'Mi ddylwn i fod wedi amau. Ei di ddim yn bell oddi wrthi, yn na wnei?'

'Does gen i ddim rheswm i fynd.' Trodd Rhys oddi wrthi fel pe bai am gychwyn cerdded eto. Gafaelodd Gwawr yn ei fraich.

'Mi ro i reswm i ti,' atebodd Gwawr yn ddistaw.

Wynebodd Rhys hi a gwelodd wên ysgafn yn chwarae ar ei gwefusau. Teimlodd ryw gynhyrfiad rhyfedd yng ngwaelodion ei fol ac meddai:

'Rhaid i mi fynd, rŵan. Bydd te'n barod. Hwyl!'

Cerddodd oddi wrthi a galwodd hithau ar ei ôl.

'Cofia be ddeudis i. Hwyl!' Chwarddodd Gwawr yn uchel a cherddodd i'r cyfeiriad arall.

PENNOD 2

PAN gyrhaeddodd Rhys adref eisteddodd wrth y bwrdd i fwynhau paned o de a theisen gyda'i fam.

'Sut hwyl gest ti?' gofynnodd hithau.

'O iawn, diolch. Diddorol dros ben.'

'Oedd hi'n oer yno?'

'Oedd, braidd. Mi aeth Llio yn sâl.'

'Be oedd yn bod arni hi?' holodd ei fam.

'Wn i ddim. Teimlo'n benysgafn, medda hi.'

'Ma'r hen ffliw 'na o gwmpas. Gobeithio na chei di mono fo.'

'Ia. Ma' Dad yn hwyr heno.'

'Ydy. Fydd o ddim yma tan tua saith. Cyfle i ni gael sgwrs fach. '

Gwenodd Rhys. Doedd o ddim yn teimlo fel sgwrsio rhyw lawer.

'Mam?'

'Be?'

'Ga i drywsus newydd i fynd i'r disgo?'

Gwenodd ei fam.

'Eisiau creu argraff ar Llio, debyg,' meddai'n bryfoclyd.

'Rhywbeth fel 'na,' atebodd Rhys.

'O'r gorau,' cytunodd ei fam. 'Dwyt ti ddim wedi cael dillad newydd ers tro. Gei di fynd i'r dre fory ar ôl yr ysgol.'

'Diolch.'

Bwytaodd Rhys y gweddill o'i de heb ddweud gair.

Roedd Llio wedi setlo i lawr i ddarllen pan gerddodd ei thad i mewn i'w hystafell wely.

'Ddim yn dda, medda dy fam?'

'Wn i ddim. Rhyw deimlo'n od, dyna i gyd.'

'Gwell i ti swatio, felly, rhag ofn ma'r hen ffliw 'ma sy'n dechra gafael ynot ti.'

Eisteddodd ei thad ar ochr y gwely.

'Rwyt ti'n edrych yn boeth hefyd,' meddai.

'Yn boeth ac yn oer bob yn ail.'

'Os na fyddi di'n well, mi gawn ni'r doctor fory.'

'O'r gorau,' cytunodd Llio, yn amlwg ddim yn gwrando'n astud ar eiriau ei thad.

'Dad?'

'Ia?'

'Ydych chi wedi bod ym mynwent Cefn Du?'

'Flynyddoedd yn ôl. Pam?'

'Dyna lle fuon ni heddiw efo Miss Price.'

'A dyna lle cest ti'r annwyd 'ma yn ôl pob golwg,' meddai ei thad.

Gwenodd Llio'n wan. 'Mae rhai beddau hen iawn yno,' meddai.

'Oes, debyg. Ma'r eglwys yn perthyn i'r bedwaredd ganrif ar ddeg, yn tydi?'

Er mai athro Cemeg yn ysgol uwchradd y dref gyfagos oedd Hywel Evans, roedd ganddo ddiddordeb mawr mewn hanes, yn enwedig hanes ei ardal.

'Pam yr holi, Llio fach? Mi fasa'n well o lawer i ti orffwys.'

'Miss Price ddwedodd beth rhyfedd pan oedd Gwawr, Rhys a finnau'n edrych ar un o'r beddau yn rhan isaf y fynwent . . .'

'Be felly?' torrodd ei thad ar ei thraws.

Nid atebodd Llio am funud fel pe bai hi'n ceisio cofio.

'Deud na ddylen ni ddim bod mewn lle anghysegredig, dw i'n meddwl. Wnes i ddim gofyn iddi esbonio, achos roedd hi'n flin braidd.'

'Aros di funud,' meddai ei thad wedi hir bendroni. 'Mi glywis i ryw sôn fod 'na ran o'r fynwent wedi'i neilltuo i farwolaethau nad oedden nhw'n naturiol.'

'Hunanladdiadau?' holodd Llio.

'Wn i ddim yn iawn ond mae'n debyg mai dyna oedden nhw'n ei olygu.'

Eisteddodd Llio i fyny'n syth a golwg wedi cynhyrfu ar ei hwyneb.

'Dyna ni!' meddai, ei llygaid yn fflachio a'i gwrid yn codi unwaith eto. 'Mi wnaiff hyn destun traethawd iawn. Ymchwilio i gefndir yr eglwys a'r fynwent ac i'r bedd yna'n arbennig!'

'Dyna ddigon rŵan, Llio,' meddai ei thad

wrth weld y chwys yn torri allan ar ei thalcen. Gafaelodd ynddi a'i phwyso yn ôl ar y clustogau. 'Rhaid i ti orffwys. Mae dy wres di'n codi eto.'

Daeth ei mam i mewn a gwelodd Llio olwg boenus yn ei llygaid.

'Wyt ti am drio bwyta rhywbeth?' gofynnodd.

'Na. Dim diolch, Mam. Dim ond diod oer.'

'O'r gorau. Dyna ti.'

Tywalltodd ei mam ddiod iddi o'r jwg ar y bwrdd wrth y gwely.

'Tyrd, Hywel,' meddai wrth ei gŵr. 'Mi awn ni i lawr iddi gael llonydd.'

Daeth rhyw ofn sydyn dros Llio a bu bron iddi ag ymbilio arnynt i beidio â'i gadael ond ni fynnai ymddangos fel babi.

'Tria gysgu rŵan, cariad,' meddai ei thad.

'O'r gorau,' meddai Llio a cheisiodd wneud ei hun yn fwy cyfforddus er mwyn ufuddhau.

Teimlai Llio fel petai hi'n wlyb drosti. Ymestynnodd am y lliain a oedd wrth ei hochr i'w sychu ei hun, ond ni allai gael gafael ynddo. Wrth iddo fynd ymhellach oddi wrthi gwelodd mai ffrog merch ydoedd—ffrog hir ddu wedi'i haddurno â lês a rubanau, a'r rheini'n chwifio yn y gwynt. Rhedai'r ferch nerth ei thraed, a'i gwallt du hir fel clogyn o gwmpas ei hysgwyddau. 'Gwawr!' gwaeddodd Llio. 'Gwawr! Gwa-a-a-wr!' Ond waeth iddi heb. Daliai'r ferch i redeg a doedd dim gobaith gan Llio i'w goddiweddyd.

Yn sydyn gwelodd Rhys yn dod o'r cyfeiriad arall. Er ei bod yn gwybod mai Rhys ydoedd, teimlai fod rhywbeth yn wahanol ynddo. Roedd yntau'n gweiddi ar y ferch ond nid 'Gwawr!' roedd o'n ei weiddi. Ysgydwodd Llio ei phen i geisio cael gwared o'r sŵn gwynt o'i chlustiau er mwyn deall beth oedd Rhys yn ei ddweud, ond i ddim diben.

Rhedodd Llio'n gyflymach a gallai glywed ei chalon yn curo a'i hanadl yn fyr. Roedd ganddi boen yn ei hochr yn awr a theimlai ei choesau fel plwm. Ceisiodd alw eto ond ni ddeuai'r geiriau o'i cheg. Gwelodd fod Rhys bron cyrraedd y ferch, ei freichiau yn ymestyn tuag ati. Pan oedd o ar fin gafael ynddi, trodd y ferch tuag at Llio. Wrth iddi redeg yn ei hôl yn awr gwelodd Llio mai gorchudd lês du oedd ganddi dros ei phen. Cododd y ferch ei breichiau i dyn-nu'r gorchudd a lledodd gwên dros wyneb Llio o weld fod Gwawr wedi'i chlywed yn gweiddi. Taflodd y gorchudd i'r llawr.

'O na! Na-a-a-a!' Sgrechiodd Llio yn uchel gan deimlo'i hun yn syrthio'n ôl. Nid Gwawr oedd hi ond gwraig â chraith giaidd i lawr ei grudd—craith ddofn, ddofn a wnâi i ffurf ei hwyneb ymddangos yn hollol afluniaidd. Chwar-ddodd y wraig yn uchel uchel, ac yn sydyn gwelodd Llio ei bod yn sefyll o flaen bedd â'r garreg yn disgleirio'n lân yng ngolau'r haul.

'Na! Na-a-aa-a!' gwaeddodd Llio eto.

'Llio!'

Daliai'r wraig i chwerthin. Chwerthiniad uchel, hunllefus.

'Llio! Deffra!'

Eisteddodd Llio i fyny'n sydyn a gwelodd ei mam yn sefyll wrth ochr y gwely. Dechreuodd grio ar unwaith.

'Dyna ti,' gafaelodd ei mam yn dyner ynddi, 'wedi cael hunllef yr wyt ti.'

Gadawodd i'w mam ei mwytho a phan deimlodd ei bod yn dod ati'i hun gorweddodd yn ôl ar y clustogau. Teimlai yn oer yn awr. Tynnodd y cwilt drosti.

'Mi a' i i nôl potel ddŵr poeth i ti. Wyt ti'n iawn rŵan?'

'Ydw, diolch.'

Wedi i'w mam fynd o'r ystafell ceisiodd gofio ei breuddwyd, ac yna caeodd ei llygaid yn dynn i geisio cau allan y ddrychiolaeth hunllefus. Roedd Llio wedi syrthio i drwmgwsg erbyn i'w mam ddod yn ôl i fyny'r grisiau, a phan ffoniodd Rhys tua naw o'r gloch dywedodd hithau na fynnai ei deffro. Dywedodd fod ei merch yn cysgu'n braf ond ni soniodd am yr hunllef.

Er cryn syndod iddo'i hun, nid oedd Rhys mor siomedig â hynny o beidio cael sgwrs â Llio ar y ffôn. Roedd siarad efo Gwawr ar y ffordd adref o'r ysgol wedi ei gynhyrfu, rywfodd. Doedd o erioed wedi ei hystyried o'r blaen, erioed wedi ei ffansïo fel yr oedd y bechgyn eraill ond heno ni allai ei chael allan o'i feddwl, ac ysai am gael siarad â hi eto. Sylweddolodd nad oedd arno eisiau siarad â Llio gan y byddai'n teimlo'n euog.

Cododd y ffôn unwaith eto ac yna fe'i gosododd yn ôl yn ei grud. Doedd o ddim yn gwybod y rhif. Ond daeth o hyd iddo cyn pen dim; doedd y cyfenw Daniels ddim yn gyffredin iawn yn Llanrhodyn.

Curodd ei galon wrth glywed y ffôn yn canu o'r ochr arall.

'Helô? Llanrhodyn 486 . . . '

Mam Gwawr.

'Y . . . helô. Ydy Gwawr yna, plîs?'

'Ydy. Mi alwa i arni hi. Pwy sy'n siarad?'

'Ffrind iddi. Y . . . Rhys.'

Gallai ei gicio'i hun am fod mor lloaidd.

'Daliwch y lein . . . '

Gallai ei chlywed yn galw ar ei merch uwchlaw sŵn ei galon yn curo. Aethai ei geg yn sych, sych.

'Helô, Rhys?'

Roedd ei llais yn isel ac yn swnio'n chwareus.

'Be alla i wneud i *ti*, ar y ffôn?'

Teimlai Rhys ei bod yn chwerthin ar ei ben ac yr oedd yn edifar ganddo ffonio.

'Wel y . . . ' Cliriodd ei wddf. 'Mi ddweda i wrthyt ti pam dw i'n ffonio . . . mae . . . y . . . '

'Ia?' meddai hithau'n gellweirus.

'Wel . . . y . . . meddwl o'n i y baset ti'n gwybod

yr ateb i gwestiwn naw ar yr holiadur gawson ni gan Miss Price y pnawn 'ma?'

Distawrwydd llethol. O'r ffŵl, meddyliodd Rhys. Y ffŵl dwl yn gwneud dy hun mor wirion

'Wel?' gofynnodd.

'Wel, beth?'

'Wyt ti'n gwybod yr ateb?'

Chwarddodd Gwawr. 'Paid â deud dy fod ti wedi fy ffonio i o bawb, am hanner awr wedi naw, i ofyn y cwestiwn yna!'

'Chwarter wedi naw.'

'Beth?'

'Chwarter wedi naw ydy hi,' meddai Rhys.

'Ac wedi gwneud nodyn o'r amser hefyd,' ychwanegodd Gwawr.

Sylweddolodd Rhys ei fod yn mynd yn fwy ac yn fwy i'r cawl bob tro yr agorai ei geg.

'Ydw.'

'Beth?' Tro Rhys i holi y tro hwn.

'Ydw, rydw i yn gwybod yr ateb.'

'Wel?'

'Ddweda i ddim wrthat ti.'

'O, pam felly?'

Doedd Rhys ddim am roi i fyny. Roedd ei llais mor ddeniadol a rhywiol fel ei fod am ddal i siarad â hi.

'Dim nes dwedi di pam y gwnest ti fy ffonio i ac nid Llio.'

'Mae hi'n sâl.'

'O. Felly'n wir. Fi oedd dy ail ddewis di,

25

felly.'

'Ia . . . Naci.' Wyddai Rhys ddim beth i'w ddweud.

'Fory,' meddai Gwawr.

'Beth?'

'Fory. Mi ddweda i wrthat ti fory. Amser cofrestru. Hwyl!'

A dyna ddiwedd ar y sgwrs.

O'r anial! meddyliodd Rhys. Alla i ddim ei chael hi o'm meddwl nawr yn na allaf? Ymlwybrodd am ei ystafell wely heb sylweddoli fod Gwawr wedi llwyddo yn yr hyn y ceisiai ei wneud.

* * * * * *

Arhosodd Llio gartref drannoeth er ei bod hi'n teimlo'n llawer gwell. Ond er bod y gwres wedi cilio, ni lwyddodd i fwyta ond darn bach o dost i frecwast a chytunodd â'i mam y byddai'n well iddi aros gartref.

'Ond bydd yn rhaid i mi fynd fory,' meddai, 'mae'r disgo gyda'r nos.'

'Mwy na thebyg y byddi'n iawn,' meddai ei mam, 'os gwnei di swatio heddiw.'

'Rydw i am wisgo fy sgert gwta las tywyll a'r top gwyn,' meddai Llio, wrthi'i hun, yn hytrach nag wrth ei mam.

'Fydd Rhys yno?'

'Bydd. Fasa Rhys byth yn colli noson dda!'

Galwodd Rhys i'w gweld ar ôl yr ysgol, wedi

iddo fod yn prynu trywsus newydd yn y dref.

Roedd Gwawr wedi gwneud sioe fawr o roi yr ateb i'r cwestiwn iddo. Pan aeth i mewn i'w stafell ddosbarth roedd amlen wen ar ei ddesg. Wrth weld Gwawr a'i ffrindiau yn un criw yr ochr arall i'r stafell yn ei wylio, stwffiodd yr amlen i'w boced gan y gwyddai beth oedd ynddo.

Cerddodd Gwawr·ato ac er syndod iddo eisteddodd ar ei lin.

'O Rhys,' meddai mewn llais ffug gwynfannus. 'Wedi iti fynd i'r holl drafferth i'm ffonio i neithiwr ro'n i'n meddwl y byddet ti ar dân eisiau gwybod yr ateb. Tyrd i ni gael gweld.'

Estynnodd ei llaw am ei boced gan afael am ei wddf â'i braich arall. Roedd yn deimlad braf ei chael yn eistedd efo fo fel hyn ac ymatebodd Rhys i'w chwarae. Gafaelodd yn sydyn yn y llaw a dreiddiai am ei boced a rhoddodd ei fraich arall am ei chanol. Gwasgodd hi'n dynn, dynn.

'Reit 'te, Gwawr Daniels. Tria symud rŵan!'

Torrodd Gwawr allan i chwerthin a cheisiodd ei chael ei hun yn rhydd. Po fwyaf y gwingai, mwyaf cadarn oedd gafael Rhys amdani. Roedd y ddau yn chwerthin bellach a gweddill y dosbarth yn cadw stŵr a chymeradwyo.

'Gwawr! Rhys!' Mr Roberts eu hathro dosbarth. Wedi ceryddu'r ddau ohonynt, cofrestrwyd y dosbarth mewn tawelwch. Bu Rhys mewn hwyliau da iawn weddill y diwrnod.

Wrth sefyll yn ystafell fyw Llio rŵan a gweld yr olwg lwyd ar ei hwyneb teimlai Rhys braidd yn euog o feddwl am ei gadw reiat efo Gwawr. Teimlai na fyddai Llio yn rhyw hapus iawn petai'n clywed y stori.

Gafaelodd Rhys amdani a'i chusanu'n frwd.

'Hei,' meddai Llio, gan ei wthio i ffwrdd yn chwareus. 'Dydw i ddim wedi bod mor sâl â hynna!'

'Fedra i ddim aros yn hir,' meddai Rhys. 'Dim ond dŵad i dy weld di ac i holi a oeddet ti am ddod i'r disgo nos fory.'

'Dw i'n llawer gwell rŵan wedi diwrnod o orffwys. Tria di 'nghadw i o'r disgo!'

'Grêt!' meddai Rhys a gafaelodd yn ei llaw a'i hanwesu. 'Fuost ti'n sâl iawn?'

'Rhyw sâl rhyfedd, cofia—yn sâl ond ddim yn sâl 'chwaith. Gwres mawr un munud, ac yn oer, oer y funud nesa. Mi ges i hunllef hefyd.' Crynodd Llio yn awr wrth gofio'r freuddwyd.

'Hei!' meddai Rhys. 'Wyt ti'n siŵr dy fod ti'n iawn? Paid â phoeni am y disgo, wsti. Mi a' i hefo'r hogia.'

'Mi faset ti'n mynd hebddo i felly?' Roedd Llio rhwng difrif a chwarae, wedi ei brifo braidd o sylweddoli y byddai Rhys yn mynd ar ei ben ei hun.

'Rwyt ti'n gwybod y byddai'r hogia'n fy herio i tawn i ddim yn mynd.'

'Oedd Gwawr yn yr ysgol heddiw?' gofynnodd Llio'n sydyn.

'Oedd. Pam?' Ofnai Rhys fod Mair wedi ei ffonio'n syth ar ôl yr ysgol i adrodd helynt yr amlen.

'Oedd hi'n iawn?'

'Oedd, am wn i. Roedd hi i weld yr un fath ag arfer. Pam wyt ti'n gofyn?'

'O, dim o bwys.' Ni fynnai Llio ailadrodd ei breuddwyd.

Doedd dim yr un hwyliau ar Llio ar ôl hyn ac ymadawodd Rhys wedi rhyw ugain munud.

'Mi wela i di yn yr ysgol fory, 'ta.'

'O'r gorau,' atebodd Llio. Gwasgodd Rhys yn dynn wrth iddi ffarwelio ag o, yn edifar yn awr iddi fod yn ddi-hwyl.

'Diolch i ti am ddŵad,' meddai wrtho a gwyliodd ef o'r drws nes iddo fynd o'r golwg.

* * * * * *

Cyrhaeddodd Rhys y disgo ddeng munud yn gynnar. Roedd o wedi trefnu i gyfarfod Llio yn y cyntedd am chwarter wedi saith. Clywodd sŵn y tu cefn iddo. Criw o ferched y pedwerydd dosbarth yn cyrraedd dan chwerthin yn uchel, eu gwalltiau'n galed gan dawch gwallt, eu hwynebau paentiedig yn adleisio hwyl lliwgar y noson o'u blaenau. Er nad oedd llawer wedi cyrraedd roedd y troellwr yn brysur wrth y llyw yn ceisio cynhesu'r awyrgylch â'i recordiau.

'Dy hun wyt ti?'

Trodd Rhys yn sydyn wrth glywed llais

Gwawr y tu ôl iddo.

'Mae'n edrych yn debyg, yn tydi?'

Syllodd arni. Roedd hi'n gwisgo sgert ddu gwta a honno'n dynn, dynn nes gwneud i'w choesau ymddangos yn ddiddiwedd. Roedd ganddi sanau duon hefyd a du oedd y top a wisgai, hwnnw eto'n dynn â gwddf uchel ond heb lewys. Teimlai Rhys ei hun yn poethi drosto, ac ni allai dynnu ei lygaid oddi ar siâp ei bronnau a'i gwasg fain. Sylweddolodd ei fod wedi cynhyrfu'n lân. Gwelodd Gwawr yr effaith yr oedd hi wedi ei gael arno a chlosiodd ato. Gallai yntau ogleuo ei phersawr synhwyrus.

'Os na ddaw Llio, mi fydda i yma,' meddai wrtho, gan wenu'n gellweirus.

'Mi fydd hi'n siŵr o ddod,' atebodd Rhys.

'Rhag ofn,' meddai Gwawr, gan daenu ei llaw dros ei rudd cyn cerdded oddi wrtho.

Gwyliodd Rhys hi'n mynd i mewn i'r neuadd ac am funud deisyfai fynd efo hi. Cerddodd yn nes at y drws a gwelodd Gwawr yn dechrau dawnsio ar ei phen ei hun ar ganol y llawr i fiwsig 'Hogia go iawn', Sobin a'r Smaeliaid. Rhyfeddodd at ei hunanhyder a dychmygodd ei hun yn dawnsio'n agos ati hi, ei gorff caled yn rhwbio'n erbyn ei meddalwch. Teimlodd ei hun yn ymgolli yn rhythm y miwsig a'r goleuadau'n fflachio.

'O, dyma lle'r wyt ti!'

Llais Llio. Safodd wrth ei ochr.

Nid atebodd Rhys. Parhaodd y ddau i wylio Gwawr yn dawnsio. Roedd eraill wedi ymuno â hi erbyn hyn.

'Drycha ar yr ast Gwawr Daniels 'na'n dangos ei hun!' meddai Llio.

Ni allai Rhys ond prin glywed ei geiriau uwchlaw sŵn byddarol y miwsig ond yr oedd wedi ei syfrdanu pan sylweddolodd beth oedd hi wedi ei ddweud. Nid oedd hi'n arfer lladd ar neb. Amneidiodd arni i fynd i eistedd. Nid oedd ganddo fawr o amynedd efo hi os oedd hi mewn tymer ddrwg.

Wedi iddyn nhw eistedd synhwyrodd Llio ei bod wedi tarfu ar Rhys rywfodd. Roedd ei geiriau wedi bod yn gas a'i heiddigedd a'i chasineb tuag at Gwawr wedi mynnu dod allan. Gafaelodd yn llaw Rhys a'i arwain i ddawnsio i geisio gwneud iawn am yr hyn a ddywedodd.

Wn i ddim be sy'n bod arnon ni, meddyliodd Llio wrthi'i hun. Does arna i ddim eisiau colli Rhys ond dw i'n 'i deimlo fo'n mynd o 'ngafael i.

Wedi dawns arall roedd mwy o hwyl ar Rhys ac ymlaciodd y ddau ohonynt ym miri'r noson. Roedd amryw o'u ffrindiau wedi ymuno â hwy a chafodd y miwsig a'r goleuadau effaith hwyliog arnynt.

Ar ganol dawns araf teimlodd Llio'n rhyw benysgafn eto a dywedodd wrth Rhys ei bod am fynd i'r ystafell gotiau.

Wedi cyrraedd yr ystafell, eisteddodd i gael ei gwynt ati. Dechreuodd grynu a theimlodd yn chwys oer drosti. Ceisiodd godi ar ei thraed a cherddodd yn simsan tuag at y sinc i nôl diod o ddŵr.

Roedd prif oleuadau'r ystafell gotiau wedi eu diffodd a dim ond y goleuadau uwchben y pedwar sinc a'r coridor y tu allan oedd wedi eu goleuo. Wrth edrych arni ei hun yn y drych rhyfeddodd o sylweddoli pa mor welw yr edrychai. Estynnodd ei chrib o boced ei chot a thaclusodd ei gwallt. Synhwyrodd ryw symudiad y tu ôl iddi, ac yna fe'i gwelodd yn y drych.

Cerddodd y ferch tuag ati yn araf. Ni allai Llio ei gweld yn glir oherwydd y golau gwael, ond gwelai fod ganddi glogyn dros ei phen. Roedd hi wedi ei gwisgo mewn du i gyd. Gallai Llio deimlo'i chalon yn curo'n gyflym a'r chwys yn llifo i lawr ei chefn. Gwasgodd ei dyrnau ond ni cheisiodd symud. Daeth y ferch yn nes. Y cwbl y gallai Llio ei weld yn glir oedd ei llygaid tywyll, tywyll a'i gwên faleisus. Cuddiai'r clogyn y gweddill o'i hwyneb. Teimlodd Llio banic fel ton yn golchi drosti a chofiodd am ddarlun arall o'r ferch yma a hithau'n rhedeg y tro hwnnw.

Rhaid i mi fynd o 'ma! meddyliodd Llio, ond ni allai symud.

Clywodd sgrech yn dechrau ffurfio ym mherfeddion eithaf ei chorff pan gododd y ferch ei breichiau. Brwsiodd y ferch ei gwallt yn ôl o'i hwyneb â'i dwylo ac ar yr un pryd dywedodd, 'Be sy, Llio?'

Gollyngodd Llio ei chrib i'r llawr.

'O, ti sy 'na, Gwawr,' meddai yn wan. Trodd tuag ati gan archwilio cledr ei llaw. Gwelodd fod dannedd y grib wedi tynnu gwaed wrth iddi ei gwasgu.

'Rois i fraw i ti?' Chwarddodd Gwawr yn isel. 'Dwyt ti erioed wedi gadael Rhys ar ei ben ei hun? Gwylia rhag ofn i rywun ei ddwyn!'

Gwthiodd Llio heibio i Gwawr gan anelu am y drws.

'Llio!' galwodd y ferch ar ei hôl. 'Paid ag anghofio dy grib.'

Cydiodd Llio ynddi a brysiodd yn ôl i'r neuadd. Doedd dim hwyl o gwbl arni rŵan ac yr oedd wedi blino.

Pan ddychwelodd at Rhys dywedodd ei bod hi'n bwriadu mynd adref yn syth.

'Wyt ti'n sâl eto?' gofynnodd yntau.

'Ddim yn rhyw dda iawn.'

'Mi a' i â chdi adre.'

'O na. Ffonia i Dad. Mi ddaw o i'm nôl i.'

'Paid â bod yn wirion!' meddai Rhys. 'Be wnawn i yma hebddot ti, beth bynnag?'

'Ella medri di ddod yn ôl wedyn,' meddai Dafydd yn hollol ddi-dact wrth glustfeinio ar y sgwrs.

'Na, dydw i ddim yn meddwl,' atebodd Rhys.

Wrth ffarwelio â Rhys wedi iddo ei danfon adref, gofynnodd Llio:

'Ei di yn ôl i'r disgo?'

'Na wnaf siŵr,' sicrhaodd Rhys hi. Edrychodd arni'n boenus. 'Be sy, Llio?' gofynnodd.

'Dim byd,' atebodd hithau, 'dim ond rhyw anhwylder, wsti.' Gafaelodd Rhys yn dynn ynddi, a thawelu ei hofnau am y tro.

PENNOD 3

UN o ddiddordebau mawr Gwawr oedd hwylio. Roedd hi wedi hen gynefino â thrin cwch er pan oedd yn eneth fach. Roedd ei thad yn llongwr da iawn ac wedi bod yn berchen cwch ers blynyddoedd maith; dechrau gydag un bach ac yna'i werthu a chael un gwell; gwerthu eto mewn blynyddoedd a chael un gwell fyth. Byddai Gwawr a'i thad yn treulio oriau lawer ar y cwch, nid yn unig ar y môr ond ar y lan hefyd yn sgwrio ac yn peintio a glanhau. Ni fyddai ei mam yn dangos llawer o ddiddordeb. Byddai'n well ganddi hi ymuno â hwy pan fyddai'r gwaith paratoi wedi ei orffen a hwythau'n hwylio o gwmpas yr arfordir ar ddiwrnod braf neu'n cynnal parti bach ychydig filltiroedd allan o'r bae.

Pan gododd Gwawr fore Sadwrn ar ôl y disgo, roedd ei mam yn eistedd wrth fwrdd y gegin yn darllen cylchgrawn hwylio. Cododd ei phen.

'Sut aeth y disgo?' gofynnodd.

'Grêt,' atebodd Gwawr. 'Sut aeth y parti?'

'Ardderchog,' meddai ei mam. 'Pawb wedi gwirioni hefo fy ffrog i.'

Edrychodd Gwawr ar ei mam. Roedd hi'n wraig arbennig o ddel, ei gwallt du â phob blewyn yn ei le, ei cholur wedi'i daenu'n fedrus ar ei hwyneb hyd yn oed yn y bore fel hyn, a'i hewinedd coch a'i bysedd hirion yn arddangos ei modrwyau yn effeithiol. Gwisgai ŵn nos ddu o ddeunydd meddal a wnâi iddi hi edrych yn deneuach fyth.

'Be ydy'r cylchgrawn?' holodd Gwawr.

'O, dy dad wedi cael ei fenthyg o gan Robert. Meddwl prynu cwch newydd mae o. Un heb lawer o waith arno y tro yma!'

'Mae o *am* werthu'r *Celeste* felly?' Edrychai Gwawr yn surbwch. Roedd hi'n hoff o'r cwch ac er ei bod wedi clywed ei rhieni'n trafod prynu un newydd nid oedd am weld y *Celeste* yn mynd.

'O cariad!' meddai ei mam wrth weld ymateb Gwawr. 'Rwyt ti'n gwybod fod y *Celeste* yn rhy fach i ni bellach, gan ein bod yn hoffi cael ffrindiau i hwylio hefo ni o bryd i'w gilydd.'

'Mae o am brynu un mwy felly!'

'Ydy. Mae'r ddau ohonom am fynd i Lerpwl heddiw i edrych o gwmpas yr iard. Wyt ti am ddod hefo ni?'

'Wn i ddim,' atebodd Gwawr. Roedd hi wedi pwdu braidd wrth glywed fod ei thad o ddifrif am werthu'r cwch, yn enwedig a hithau heb gael cyfle i roi sêl ei bendith ar y mater.

'Tyrd!' ychwanegodd ei mam. 'Does gen ti ddim arall i'w wneud, debyg?'

'Nac oes,' atebodd Gwawr. 'O'r gorau, mi ddo' i 'ta.'

'Da iawn,' meddai ei mam, 'ac mi gawn ni ginio bach neis yn rhywle.'

Roedd y daith i Lerpwl yn eithaf hwyliog, mam a thad Gwawr yn adrodd hanes y parti a'r tri ohonynt yn chwerthin yn braf dros ambell stori ddigri.

'Gefaist ti gwmni difyr yn y disgo?' gofynnodd Anest Daniels i'w merch gan edrych arni'n awgrymog.

'Naddo,' atebodd Gwawr yn swta.

'Neb o gwbl?' ymhelaethodd ei mam.

Nid atebodd Gwawr, er bod darlun o Rhys Pritchard yn dawnsio o flaen ei llygaid.

'Rho'r gorau i'w herian hi, Anest,' meddai Meirion wrth sylweddoli nad oedd Gwawr, fwy nag yntau, yn hoff o gael tynnu ei choes. 'Rydyn ni bron â chyrraedd.'

Roedden nhw am fynd i'r iard gychod yn gyntaf i gael golwg ar yr hyn oedd ar werth ac yna cael tamaid o ginio a thrafod y cychod a welsent.

Trodd Meirion Daniels y Volvo i mewn i'r Seahorse Yard am chwarter i un ar ddeg. Yma roedd o wedi prynu'r *Celeste*, saith mlynedd ynghynt. Roedd o wedi bod yma sawl tro i brynu gwahanol nwyddau ychwanegol, ac yn hoffi'r perchennog yn fawr iawn. Un da am fargen, ym meddwl Meirion.

'Mi awn ni'n syth at y cychod,' meddai.

Edrychai Gwawr ymlaen at gael byseddu'r pren coeth, llyfnder y corff ac arogli'r paent ffres a'r farnais. Gwyddai y teimlai ei thad yr un fath. Cerddodd y tri heibio i'r cychod a oedd wedi eu gosod ar drawstiau uchel ar ffurf crud. *Sea Crest*, *Lady B*, *Waverley*, *Charlotte;* rhai ohonynt mewn cyflwr gwell na'i gilydd a hefyd o wahanol faint.

Pasiodd Meirion Daniels y rhain ac aeth i ben pella'r iard lle'r oedd y cychod mwyaf. 'Dyma ni,' meddai. 'Dyna'r math o beth dw i eisiau.'

Safodd Gwawr yn geg agored yn edrych arnynt. Roedd y rhain gymaint ddwywaith â'r *Celeste*.

'Rhywbeth fel yma fyddai'n gweddu,' meddai Meirion gan gerdded o amgylch un ohonynt a thaenu ei law dros y corff. 'Cîl tenau i hyrwyddo'r symudiad a gwneud iddi hi fynd yn gyflymach . . .'

Cytunodd Gwawr tra safai Anest i'r naill ochr braidd yn gwrando arnynt yn trafod eu hanghenion. Dim injan na siafft olwyn rhy fawr. Cwch ysgafn i'w drin ond nid y rhai Ffrengig gan eu bod yn rhy ysgafn o gorff ac yn anodd i'w hwylio.

Wedi trafod ac edrych a byseddu, ac wedi clywed barn Anest ar foethusrwydd neu ddiffyg moethusrwydd cyfleusterau byw y cychod a welsant, roedd tri ar ôl i'w hystyried—y *Tamara*, *Muldoon*, a'r *Chinchero*. Y *Tamara* oedd wedi mynd â bryd Gwawr a hwnnw oedd yr un a hoffai Meirion hefyd, ond, yn ôl ei arfer, doedd o ddim am wneud penderfyniad sydyn.

'Mi awn ni i gael cinio er mwyn gwneud yn siŵr,' meddai. 'Mi gawn drafod dros y pryd bwyd.'

Aeth Meirion i'r warws i gael gair sydyn efo Gerald, perchennog yr iard, cyn troi'r car i gyfeiriad y tŷ bwyta Eidalaidd cyfagos.

'Y *Tamara* amdani felly?' holodd Anest wrth iddynt fwynhau'r *lasagne* yn La Galleria.

'Ia, yn bendant,' atebodd Meirion, wedi iddynt fod yn trafod am ryw hanner awr. 'Bydd yn rhaid i mi wneud y gwaith papur rŵan a threfnu efo Gerald i'w gael acw. Mae o'n meddwl fod ganddo gwsmer i'r *Celeste* yn barod.'

'Beth am i ni fynd i'r Amgueddfa Fôr, Gwawr?' meddai Anest. 'Mae arna i flys mynd yno ers amser maith.'

'O'r gorau,' cytunodd Gwawr. 'Mi adawn ni i Dad chwysu dros ei lyfr sieciau!'

Wedi cyrraedd yr amgueddfa ac edrych o gwmpas rhyw ychydig, teimlai Gwawr yn eithaf diflas. Roedd ei mam yn amlwg wrth ei bodd yn cael cyfle i gyfuno diwylliant â phleser.

Roedd bachgen ifanc yn sefyll wrth ddrws yr ystafell a gwelodd Gwawr ei fod yn talu cryn dipyn o sylw iddi. Gwenodd hithau arno. Winciodd y bachgen arni wrth weld ei hymateb a daliai Gwawr i edrych arno wrth ddilyn ei mam o gwmpas. Dechreuodd gerdded tuag ati tra safodd hithau yn ei hunfan o flaen cas gwydr a ddaliai fodel o long yn perthyn i'r bymthegfed ganrif. Daeth yn nes.

'I've seen you before, Miss,' meddai yn eithaf hy.

'No. I don't think so,' atebodd Gwawr, yn ymwybodol o'i hacen Gymraeg.

'Sure I 'ave. Can't for the life of me think where.'

Syllodd y bachgen ar ei hwyneb am hir, hir nes i Gwawr deimlo'n anniddig. Estynnodd ei law allan fel pe bai am gyffwrdd ei grudd, ac yna ailfeddyliodd wrth weld Anest yn cerdded tuag atynt.

'I 'ave seen you before, Miss. Sure 'ave,' meddai eto ac yna cerddodd yn gyflym oddi wrthi.

'Beth oedd o isio?' gofynnodd Anest.

'Dim,' atebodd Gwawr yn swta.

Cododd ei mam ei hysgwyddau a dywedodd, 'Dyw'r stafell hen greiriau ddim ar agor, a finnau wedi meddwl cael golwg arni'.

'Diolch i Dduw!' atebodd Gwawr. 'Mi gawn ni fynd o 'ma felly. Mi fasai'n well tasen ni wedi mynd i siopa!'

Cerddodd oddi wrth ei mam â gwrid yn ei hwyneb fel pe bai wedi gwylltio. Dilynodd Anest hi'n araf, wedi ei brifo braidd gan eiriau cas ei merch.

Penderfynodd Llio yn fuan fore Sadwrn y byddai hi'n dychwelyd i fynwent Cefn Du. Roedd hi'n gwbl sicr yn awr o destun ei thraethawd. Byddai ei thad yn gallu ei rhoi ar ben ffordd ynglŷn â chwilio am wybodaeth a gwyddai y byddai Miss Price yn siŵr o'i helpu pe bai angen.

Roedd hi'n ddiwrnod braf a gallai fynd i'r fynwent ar y beic. Fe ffoniai Rhys i ofyn iddo fynd efo hi.

Rhys atebodd y ffôn.

'Llio sy 'ma.'

'Wyt ti'n well bore 'ma?'

'Ydw, yn llawer gwell ac yn meddwl mynd i fynwent Cefn Du ar y beic. Ddoi di?'

'O, Llio. I be eto?' Doedd o ddim yn swnio'n rhy frwdfrydig.

'Wel mi wyddost ti 'mod i am ysgrifennu traethawd ar yr eglwys a'r fynwent ar gyfer fy mhrosiect, gan dalu sylw arbennig i'r bedd 'na welson ni.'

'Gwn.'

'Wel, mae arna i eisiau ei weld o eto.'

'Gweld beth?'

'Y *bedd*.' Roedd Llio'n flin o orfod egluro.

'Pam y bedd yna yn arbennig, Llio?'

'Wn i ddim. Mae o'n wahanol, mewn lle anghysegredig a . . . wn i ddim pam, ond mae 'na ryw dynfa ynddo i mi . . . '

'O, taw wir, Llio. Mae peth fel 'na'n codi ias

arna i.'

'Mae'n *rhaid* i mi fynd,' meddai hithau.

'Wyt ti'n meddwl fod hynny'n beth doeth?' holodd Rhys, 'a thithau wedi bod yn sâl. Be taset ti'n cael oerfel eto?'

'O Rhys, rwyt ti'n swnio'n union fel Mam. Os nad wyt ti am ddod, mi ofynna i i Mair.'

'Na, na. Mi ddo' i. Cyn belled ag y bydda i adre erbyn dau. Mae gen i gêm rygbi am chwarter i dri.'

'Byddi siŵr. Faswn i ddim eisiau i ti golli dy gêm!'

Gwyddai Rhys nad oedd gan Llio fawr i'w ddweud wrth rygbi, ond doedd o ddim yn hoffi'r dinc anghyfarwydd yma yn ei llais. Gobeithio nad oedd hi'n dechrau bod yn feddiannol ac yn genfigennus. Roedd ganddo feddwl mawr ohoni, ond roedd pethau eraill yn bwysig iddo hefyd.

Torrodd Llio ar draws ei feddyliau. 'Mi alwa i amdanat ti mewn hanner awr.'

Roedd hi'n ddiwrnod braf i fynd ar gefn beic ac wedi cychwyn roedd Rhys yn falch iddo gytuno i ddod. Roedd Llio mewn hwyliau da erbyn hyn ac ar dân eisiau cyrraedd y fynwent.

Cyraeddasant mewn rhyw dri chwarter awr, eu hwynebau'n goch gan effaith yr ymarfer a'r gwynt, a'u cyrff wedi blino'n braf. Rhoddodd y ddau eu beiciau i bwyso yn erbyn y wal y tu mewn i'r giât ac yna sefyll yn ddistaw i fwynhau'r olygfa. Roedd hi'n ddiwrnod clir, heulog a'r gwynt yn ffres ac yn iach.

Edrychodd Rhys ar yr eglwys ac wrth droi i wneud hynny roedd yr haul y tu cefn iddo. Edrychai'r garreg lwyd yn dduach rywsut a theimlai Rhys binnau mân yn rhedeg i lawr asgwrn ei gefn.

'Tyrd 'ta,' meddai Llio gan ddechrau cerdded i lawr y llwybr. Cerddai'n gyflym fel pe bai'n methu cyrraedd yn ddigon buan. Teimlai ychydig yn nerfus o ymweld â'r bedd unwaith eto, ond ni ddywedodd hynny wrth Rhys. Nid oedd wedi dweud wrtho ychwaith beth yn union a ddigwyddodd rhyngddi hi a Gwawr wrth y bedd y tro cyntaf. Ofnai swnio'n blentynnaidd a gwyddai y byddai'r digwyddiad yn ymddangos yn ddibwys o'i ailadrodd.

Er ei bod yn nerfus ni allai ymatal rhag rhuthro i gyrraedd rhan isaf y fynwent. Y rhan anghysegredig. Sylweddolodd Rhys nad oedd gan Llio ddiddordeb o gwbl yn y beddau eraill o gwmpas.

'Hei, gan bwyll, Llio!' gwaeddodd wrth straffaglu ar ei hôl.

Aethant drwy'r gwrych i'r rhan isaf. Roedd y glaswellt yn wlyb dan draed. Nid oedd yr haul wedi cyrraedd y llecyn yma. Daeth darlun o Gwawr a Llio yn penlinio ar y llawr yma ychydig ddyddiau yn ôl i feddwl Rhys, a theimlodd ias oer yn cerdded drosto.

'Dyma ni,' meddai Llio gan sefyll o flaen y

garreg. 'Dyma'r bedd.'

Roedd rhyw wrid annaturiol yn ei hwyneb a syllodd ar y garreg. Sylweddolodd fod rhywbeth yn wahanol.

'Drycha, Rhys,' meddai gan benlinio yn nes. Daeth Rhys ati.

'Be?' gofynnodd.

'Doedd hwn ddim yma o'r blaen.'

Byseddodd Llio ran uchaf y garreg lle naddwyd y geiriau:

'Annette Wesley, wife of Captain George Wesley, late of Pinewood Grange.'

'George Wesley, Rhys. Doedd o ddim yna o'r blaen!' Roedd Llio yn amlwg wedi cynhyrfu ac nid oedd dim synnwyr yng ngolwg Rhys yn yr hyn a ddywedai.

'Be, Llio? Be oedd ddim yna o'r blaen?'

'George. George Wesley. Doedd ei enw cyntaf ddim ar y garreg y dydd o'r blaen!'

'O, Llio, paid â bod yn wirion. Ti oedd ddim wedi sylwi arno fo.'

'Nage *wir*, Rhys. Rhaid i ti 'nghoelio i. Ond roeddet ti yma. Mi welaist ti dy hun . . .' gwanhaodd ei geiriau pan sylweddolodd nad oedd Rhys wedi bod mor agos â hyn at y bedd y tro diwethaf.

'Mi fasai Gwawr yn deud wrthat ti.' Gwyddai Llio yn iawn y byddai'n anodd ganddi sôn am hyn wrth Gwawr. Trodd eto at y garreg. Roedd rhai geiriau yn dal ar goll.

'*Ariana!*' gwaeddodd Llio eto. 'Doedd hwn

ddim yna o'r blaen 'chwaith. Late Captain of the Ship *Arianna* of Liverpool.' Fflachiai llygaid Llio a dechreuodd Rhys deimlo'n anghysurus.

'O, tyrd wir, Llio. I ni gael mynd o 'ma.'

'Na. Mae'n rhaid i mi roi hyn i gyd i lawr ar bapur.'

Tynnodd bapur a phensel o'i phoced a dechreuodd gopïo. Crynai ei llaw gymaint nes iddi orfod aros bob hyn a hyn.

'Pasia nhw yma . . . Mi wna i sgwennu i ti,' meddai Rhys. Daliai Llio i syllu ar y garreg. Ni allai dynnu ei llygaid oddi arni. Teimlai hithau fel Rhys ei bod am fynd oddi yno ond ni allai symud.

'Mae hi'n lanach,' meddai. 'Drycha, mae hi'n lân heb fwsog o gwbl.'

'Y glaw wedi ei olchi i ffwrdd. Mae llawer o'r cerrig yr un fath.'

Nid atebodd Llio. Gwyddai fod mwsog trwchus yn gorchuddio llawer o'r ysgrifen y dydd o'r blaen.

'Wyt ti eisiau i mi gopïo'r adnod hefyd?' gofynnodd Rhys.

'Oes. Chawson ni ddim cyfle i'w ddarllen y tro diwethaf.'

'O'r gorau. Darllen hi i mi 'ta,' meddai Rhys.

Dechreuodd Llio ddarllen.

'"Canys pob un a ddwg ei faich ei hun". Galatiaid 6^5.'

'Wel, dydy'r geiriau yna ddim yn deud llawer

wrthan ni,' meddai Rhys.

'Am be felly?' holodd Llio.

'Wel, am y ffordd y buo fo farw.'

'Nac ydy,' cytunodd Llio.

Chwarddodd Rhys o'i gweld yn edrych mor boenus. Roedd yr awyr yn cymylu ac roedd hi'n dechrau oeri. Cododd Llio ar ei thraed.

'Dw i'n oer rŵan,' meddai hi.

'Tyrd yma i mi gael dy g'nesu di, 'ta,' meddai Rhys. Camodd Llio i'w freichiau a dechreuodd Rhys ei chusanu'n ysgafn. Roedd arogl ffres iach arni a thynnodd Rhys hi'n dynnach ato. Teimlodd gynyrfiadau na theimlodd o'r blaen wrth ei chofleidio ac anwesodd ei hwyneb. Taenodd ei fysedd i lawr ei gwddf at goler ei chôt ac yna dechreuodd agor y botymau. Gwthiodd ei law i mewn yn araf ac yng nghynhesrwydd ei chorff anwesodd ei bron yn ysgafn.

'Paid, Rhys!'

Tynnodd Llio oddi wrtho yn chwyrn. Roedd Rhys wedi ei frifo gan ei hymateb a hefyd yn flin wrtho'i hun am yr hyn a wnaeth.

Dechreuodd gerdded oddi wrtho.

'Llio!' galwodd ar ei hôl. 'Ma'n ddrwg gen i.'

Rhedodd ati gan afael yn ei breichiau.

'Wn i ddim be sy'n bod arnat ti,' meddai hithau wrtho.

Dechreuodd yntau wylltio. 'Ond, Llio, rydan ni'n canlyn ers deufis bellach . . .'

'A ma' hynny'n rhoi hawl i ti wneud fel y mynni di? Tyrd wir, neu mi golli di dy gêm rygbi.'

Dilynodd Rhys hi'n dawedog at y beiciau. Ni ddywedodd yr un ohonynt air ymhellach.

Cawsant daith gyflym iawn yn ôl a chyraeddasant mewn ychydig dros hanner awr. Arhosodd y ddau o flaen tŷ Rhys.

'Wyt ti am ddŵad i wylio'r gêm?' gofynnodd Rhys, yn amlwg yn ceisio adfer hwyliau da Llio.

'Nac ydw,' atebodd yn swta.

'Mae llawer o'r genod yn dŵad,' meddai Rhys.

'Pawb at y peth y bo, felly. Mae gen i waith i'w wneud. Hwyl!'

A chyda'r geiriau yna neidiodd Llio'n ôl ar ei beic ac i ffwrdd â hi.

'Diolch yn fawr, Gwenllian Haf!' gwaeddodd Rhys ar ei hôl ac yna trodd am y tŷ i baratoi am y sgarmes o'i flaen.

PENNOD 4

ROEDD Mair yn disgwyl Llio wrth ddrws yr ysgol fore Llun.

'Mi fûm i'n trio dy ffonio di drwy'r dydd ddoe,' oedd ei chyfarchiad cyntaf.

'Mi ddaru ni fynd i dŷ Anti Nel,' atebodd Llio, 'a doedden ni ddim adre tan yn hwyr.'

'Chefaist ti mo fy neges i ddydd Sadwrn, felly?' holodd Mair.

'Do,' atebodd Llio'n swta.

Roedd Mair wedi ffonio pan oedd Llio allan efo Rhys, ac eisiau iddi hi ffonio'n ôl. Doedd Llio ddim yn teimlo fel sgwrsio pan ddychwelodd adref, felly gwnaeth esgus i'w mam nad oedd yn teimlo'n rhy dda. Aeth i fyny i'w hystafell wely a bu yno drwy'r prynhawn. Ni phoenodd ei mam ynglŷn â ffonio Mair yn ôl.

'Ro'n i'n sâl eto,' eglurodd Llio.

Edrychodd Mair arni, wedi ei brifo braidd. Ni allai roi ei bys ar yr hyn oedd yn bod ar Llio, ond gwyddai fod rhywbeth yn ei phoeni. Byddai Llio fel rheol yn addfwyn ac yn amyneddgar. Teimlai Mair y dylai hi fynd i weld y meddyg ond ni ddywedodd air.

'Ro'n i'n disgwyl dy weld di ar y cae rygbi,' meddai Mair, 'ond mae'n dda nad oeddet ti yno o gofio'r hyn ddigwyddodd.'

'Be felly?' holodd Llio.

'Ddeudodd Rhys ddim wrthat ti?' gofynnodd Mair, yn amlwg wedi rhoi ei throed ynddi.

'Naddo. Dydw i ddim wedi siarad efo fo ers bore Sadwrn.'

Roedd y geiriau yma yn arwydd i Mair ddatgelu'r cwbl. Agorodd ei llygaid led y pen a dechreuodd ar ei stori.

'Wel, mi gafodd o ei anfon oddi ar y cae,' meddai yn llawn cynnwrf.

'Pwy?' holodd Llio.

'Wel Rhys, yntê?'

'Ei anfon oddi ar y cae?' meddai Llio'n anghrediniol.

'Ia,' meddai Mair, 'roedd *ruck* wedi ei ffurfio, ti'n gweld—y chwaraewyr ar y llawr yn ymladd am y bêl . . .' Oedodd am ennyd er mwyn gwneud yn siŵr bod Llio yn deall ei heglurhad, ' . . . ac yna fel y daeth Rhys yn nes at y *ruck* gwelodd fod bachwr y tîm arall wedi ei ddal ar ochr anghywir y bêl. Gwyddai na allai symud ond er hynny rhoddodd gic egar iddo yn ei ben er mwyn ceisio rhyddhau'r bêl . . .'

'Beth,' meddai Llio, ei hwyneb yn welw, 'Rhys yn cicio rhywun yn ei ben . . . ?' Teimlai yn swp sâl. 'Damwain oedd hi?' gofynnodd yn gloff.

'Nage wir,' meddai Mair, wedi codi stêm erbyn hyn wrth adrodd y stori ac yn amlwg yn cael blas. 'A be oedd yn waeth, mi ddaru o wneud hyn yng ngŵydd y dyfarnwr, fel bod gan hwnnw ddim dewis ond ei anfon o oddi ar y cae yn syth.'

'O, na!' meddai Llio. 'Be yn y byd ddaeth drosto fo?'

'Dyna beth oedd pawb yn ei ofyn,' meddai Mair. 'Mi aeth Jôs Bach yn lloerig, yn enwedig o weld ei fod wedi ei ddiarddel o'r gêm am ddau fis!'

'O!' ebychodd Llio. 'Alla i ddim coelio hyn, na alla wir.'

Gwelodd Mair fod Llio wedi cynhyrfu'n lân ac roedd yn edifar ganddi roi cymaint o dân i'w hadroddiad o'r digwyddiad.

'Roedd pawb yn dweud fod hyn yn beth hollol ddieithr i Rhys,' meddai, i geisio cysuro ei ffrind.

'Damwain oedd hi,' meddai Llio eto'n ddistaw.

'Nage wir.' Roedd tôn Mair yn addfwynach y tro yma. 'Fedret ti ddim peidio gweld ei fod o yn fwriadol.'

'Arna i roedd y bai,' ychwanegodd Llio. 'Ffraeo ddaru ni.'

Ni chafodd Mair gyfle i holi mwy. Cerddodd Miss Price i lawr y coridor a'u hanfon i'w hystafell ddosbarth.

Pan gyraeddasant yr ystafell ddosbarth roedd

bron pawb o 5M yno'n barod, ond doedd dim golwg o Mr Parri, eu hathro. Ni wyddai Llio sut roedd hi'n mynd i wynebu Rhys ar ôl yr hyn a ddigwyddodd yn y fynwent a'r ffrae; ac yn enwedig ar ôl yr hyn roedd hi newydd ei glywed.

Eisteddai Rhys yn ei le arferol wrth y ffenest a llamodd calon Llio wrth weld Gwawr yn eistedd ar y ddesg yn fflachio'i choesau hirion o dan ei drwyn. Ni chymerodd Rhys arno ei gweld ond parhaodd i siarad â Gwawr a'r criw oedd o'i gwmpas. O glywed eu lleisiau uchel deallodd Llio beth oedd testun y sgwrs.

'Faint o bwythau gafodd y bachwr?' gofynnodd Dafydd yn rhyw hanner edmygus.

'Tri,' atebodd Rhys yn ddigon lloaidd.

Sylwodd Gwawr ar Llio.

'Wel, Llio,' meddai'n fychanol. 'Mi gollist ti a finna gêm gyffrous ddydd Sadwrn. Ma' Rhys 'ma'n dipyn o foi, debyg.' Chwarddodd pawb a sylwodd Llio fod Rhys yn teimlo digon o gywilydd i wrido, beth bynnag.

''Sa rhywun yn meddwl mai ti oedd y Man of the Match,' meddai Mair yn goeglyd, gan deimlo dros Llio.

'O, brwnt iawn,' atebodd Gwawr. Eisteddodd i fyny'n hollol syth yn awr, fel cath yn barod i neidio. Bron na allai rhywun weld ei hewinedd yn ymestyn allan.

'Mi fasai'n well taset tithau fod wedi bod yno, Llio,' ychwanegodd Gwawr, 'yn lle hel mewn mynwentydd oer.'

Edrychodd Llio ar Rhys yn syth ond ni allai hwnnw edrych i fyw ei llygaid.

Mae o wedi deud wrthi, meddyliodd Llio. Trodd ar ei sawdl a cherddodd allan i gyfeiliant chwerthin y criw.

'Hen ast wyt ti, Gwawr Daniels!' meddai Mair cyn troi i ddilyn ei ffrind.

Daeth Mair o hyd i Llio yn yr ystafell gotiau yn beichio crio.

'Paid â chymryd sylw ohoni,' meddai Mair. 'Trio codi stŵr mae hi.'

Ni ddywedodd Llio air, ond roedd hi'n dal i grio.

'Be sy'n bod, Llio?' gofynnodd Mair yn dyner. 'Dwed wrtha i.'

'Wn i ddim,' atebodd Llio. 'O, Mair, wn i ddim be sy'n bod arna i.'

Eisteddodd Llio i lawr a Mair wrth ei hochr.

'Dydw i ddim yn teimlo'n iawn. Dw i ddim yn cysgu'n iawn nac yn bwyta'n iawn ac mae 'na ryw hen ysfa gas yn dod drosta i weithiau. Rhyw genfigen at rywbeth. Wn i ddim at be na phwy.'

Edrychodd Mair arni. Doedd hi ddim wedi deall iawn arwyddocâd geiriau Gwawr ond gwyddai fod a wnelo hyn rywbeth â Rhys. Nid oedd am holi. Byddai Llio yn dweud wrthi pe dymunai.

'Mae arna i ofn, hefyd,' meddai Llio.

'Ofn?'

Doedd Llio ddim am ddweud am y breuddwydion.

'Ia, ofn. Dw i fel petawn i'n cael fy nhynnu tuag at rywbeth heb fod eisiau ei ganfod; ond alla i ddim peidio â cheisio mynd yn nes ac yn nes . . . '

Daeth rhyw gryndod dros Mair wrth glywed geiriau Llio.

'Wyt ti'n dal i fod yn sâl?' gofynnodd.

'Wn i ddim,' atebodd Llio.

Run down wyt ti, fel basa Mam yn dweud. Isio potel o donic.'

'Efallai, wir.'

Edrychodd y ddwy i fyny ar unwaith i weld Rhys yn sefyll yn nrws yr ystafell gotiau.

'Mi a' i yn ôl i'r dosbarth,' meddai Mair a diflannodd i lawr y coridor.

Daeth Rhys i eistedd wrth ymyl Llio.

'Mae'n ddrwg gen i, Llio,' meddai gan afael yn ei llaw. 'Trio helpu ro'n i . . . '

'Doeddet ti ddim yn fy nghoelio i, ac roedd yn rhaid i ti ofyn iddi *hi*.' Roedd llais Llio yn dal i grynu.

'Meddwl dy fod ti wedi camgymryd; a'i weld o'n beth od. Trio ffeindio eglurhad.'

'A be ddeudodd hi?' gofynnodd Llio.

'Deud nad oedd hi'n cofio.' Gwyddai Llio mai dweud celwydd yr oedd Rhys. Roedd hi'n amlwg fod Gwawr wedi ei gwawdio ac nad oedd Rhys am ei brifo wrth ailadrodd y geiriau.

'Mi fasa'n dda gen i taset ti'n anghofio am yr hen fynwent a'r bedd 'na. Mi ddeudis i dydd Sadwrn fod yr holl beth yn codi ias arna i. Mae o'n ddigon i godi'r felan ar rywun.'

Daeth rhyw hanner gwên i wyneb Llio.

'A finnau'n meddwl dy fod ti'n dipyn o foi.'

Deallodd Rhys ei chyfeiriad.

'O, hynna. Wyddost ti be, Llio? Wn i ddim beth ddaeth drosta i. Wna i byth faddau i mi fy hun. Gallai'r boi 'na fod wedi diodda llawer mwy na thri phwyth.'

'Roedd o'n fwriadol felly.'

'Oedd,' cyfaddefodd Rhys yn ddistaw. 'Ond wir i ti, Llio, wn i ddim be wnaeth i mi wneud y ffasiwn beth. O feddwl yn ôl mae o fel tawn i wedi bod yn edrych ar y digwyddiad o bell. Fel mai nid y fi oedd wedi troseddu.' Ysgydwodd Rhys ei ben mewn anobaith.

'Rhaid i ti anghofio rŵan,' meddai Llio. 'Mae o wedi digwydd.'

Edrychodd Rhys arni. 'Mae'n wir ddrwg gen i, Llio. Am be wnes i dydd Sadwrn.'

Gwasgodd Llio ei law. 'Mae'n ddrwg gen i hefyd,' meddai. 'Gorymateb wnes i.'

'Roeddwn i'n filain efo mi fy hun,' meddai Rhys, 'am fod isio rhywbeth na allwn i mo'i gael.'

Syllodd y ddau ar ei gilydd a thynnodd Rhys Llio'n ofalus ato a'i chusanu'n dyner.

'Rhaid i ni anghofio hyn rŵan,' meddai Rhys, 'a dod yn ffrindiau yn ôl. Mae'r wythnos ddiwetha 'ma wedi bod yn un ryfedd—fel tasen ni'n colli gafael ar ein gilydd.'

'O paid â dweud hynna!' meddai Llio a phanic yn ei llais. 'Plîs paid â dweud hynna!'

Gafaelodd y ddau yn dynn yn ei gilydd heb ddweud gair.

'Tyrd, wir,' meddai Rhys o'r diwedd, 'neu bydd Mr Parri ar ein holau. Mêts?'

'Mêts,' atebodd Llio.

Pan gerddodd y ddau i mewn i'r dosbarth roedd hi'n amlwg i bawb eu bod yn ffrindiau eto. Ni chymerodd Mr Parri lawer o sylw ohonynt ar wahân i ddweud wrthynt am eistedd i lawr. Roedd o wedi hen gynefino ag anturiaethau carwriaethol y disgyblion.

Pan gyrhaeddodd Hywel Evans adref y noson honno rhoddodd lyfr yr oedd wedi cael ei fenthyg gan athro hanes ei ysgol i Llio. Arolwg o eglwysi a mynwentydd hynafol ydoedd.

'Mae cryn dipyn o hanes Eglwys Cefn Du ynddo,' meddai ei thad wrth Llio.

'Gwych!' atebodd hithau. 'Mi a' i i gael golwg arno rŵan cyn swper,' ac aeth i fyny i'w hystafell wely.

'Dydy o ddim yn beth iach,' meddai Megan Evans wrth ei gŵr wedi i Llio fynd o'r golwg.

'Be felly?' holodd yntau.

'Wel, Llio'n ymddiddori mewn rhyw hen

eglwys a beddau ac ati. Disgo a ffrindiau a phetha fel 'na ddylai fod yn mynd â'i bryd.'

'O, chwarae teg, Megan. Mi ddylet ti fod yn falch ei bod hi mor gydwybodol. Does dim rhaid i ni ei gwthio at ei gwaith. Mae hynny'n beth braf, cofia, yn enwedig ar ôl bod yn perswadio plant i weithio drwy'r dydd.'

'Mi wn i hynny. Ond . . . O, fi sy'n hel bwganod, debyg. Ond dw i'n gweld hyn i gyd yn tyfu'n obsesiwn. Does dim sgwrs i'w chael ganddi ers dyddiau, dim ond Mynwent Cefn Du, bedd sy'n flynyddoedd oed a rhyw George ac Annette Wesley!'

'Megan, Megan. Paid â phoeni! Mi fydd hi wedi hen alaru mewn rhyw wythnos neu ddwy. Rhywbeth newydd ydy o rŵan.'

'Ie, gobeithio.'

Treuliodd Llio'r gyda'r nos gyfan yn darllen hanes eglwys Llanrhodyn a'r fynwent. Roedd y llyfr wedi ei ysgrifennu yn Saesneg felly penderfynodd Llio adrodd y cefndir yn ei geiriau ei hun gydag ychydig ddyfyniadau efallai yn Saesneg. Roedd cynllun bach o'r eglwys wedi'i ddarlunio. Byddai'n copïo hwnnw ar bapur plaen.

Dechreuodd ysgrifennu:

'Saif eglwys Llanrhodyn ar arfordir yng ngogledd orllewin y plwyf; ei muriau cerrig wedi eu plastro ar y tu mewn . . .'

Gallai Llio weld yr eglwys yn ei meddwl yn

hollol glir. Byddai'n gallu mynd i'r eglwys eto, meddyliodd, i dynnu lluniau ar gyfer y gwaith.

Disgrifiodd y corff a'r gangell, y feddfaen a oedd wedi ei haddurno â blodau, a'r bedd y tu mewn i'r eglwys. Yna daeth at ddisgrifiad, digon cwta yn ei meddwl hi, o'r rhan anghysegredig o'r fynwent. Eglurodd y cyfeiriad nad oedd llawer o eglwysi yn neilltuo rhan o'u mynwentydd fel yma. Cyrff rhai wedi cyflawni hunanladdiad, rhai wedi troseddu a rhai gorffwyll a gleddid mewn mannau o'r fath fel rheol.

Yn ei meddwl gwelodd Llio fedd y Capten a'i wraig a cheisiodd feddwl i ba gategori y perthynai'r rhain.

'Mae'n rhaid i mi gael mwy o wybodaeth,' meddai yn uchel tra clywodd lais ei hisymwybod yn rhybuddio, 'Na, na, gad iddo fod'.

Daeth ei mam i mewn i'w hystafell.

'Wyt ti wedi gorffen gweithio, Llio?'

'Bron iawn.'

'Mae hi'n hanner awr wedi naw. Mi ddylet orffen rŵan a hwylio am dy wely. Mae golwg wedi blino'n lân arnat ti, Llio fach.'

'O'r gorau. Fydda i ddim yn hir. Dw i wedi blino braidd ac yn teimlo'n eitha penysgafn eto.'

Edrychodd ei mam arni'n bryderus. 'Dwyt ti ddim wedi bwyta llawer ers dyddiau, yn nac wyt? Mae'n debyg fod dy nerth di'n pallu. Tyrd wir, dyna ddigon.'

Gafaelodd ei mam yn y feiro o'i llaw a'i gosod yn daclus ar y llyfr. Arweiniodd hi at y gwely, goleuodd y lamp ar y bwrdd bach wrth ymyl y gwely a diffoddodd y golau mawr.

'Reit,' meddai yn ei llais dim-nonsens, 'i dy wely rŵan a cheisia ddarllen ychydig cyn cysgu er mwyn ymlacio.'

'O'r gorau.' Teimlai Llio'n falch o gael ei thywys fel hyn. Roedd yn cael ei thynnu oddi wrth y gwaith—rhywbeth na allai fod wedi ei wneud mor hawdd ei hun.

Cerddodd ei mam at y drws i adael i Llio newid i'w dillad nos. 'Nos da,' meddai.

'Nos da, Mam.'

'A Llio. Dim darllen mwy o'r hen lyfr hanes 'na.'

'O'r gorau.'

Darllenodd Llio bennod o'r nofel wrth ochr ei gwely ac yna diffoddodd y lamp. Roedd hi'n ei chael hi'n anodd iawn i syrthio i gysgu gan fod cant a mil o bethau yn byrlymu yn ei phen. O'r diwedd, cafodd afael ar gwsg ysgafn yn llawn o freuddwydion cymysglyd.

Gwelodd Rhys ar y cae rygbi mewn dillad gwyn i gyd yn rhedeg efo'r bêl ac yn taro pawb a geisiai ei daclo o'i ffordd. Roedd yn rhedeg tuag ati hi ond yn troi yn ôl bob hyn a hyn i edrych ar Gwawr a oedd yn rhedeg ar ei ôl.

Roedd Gwawr yn chwerthin yn braf wrth redeg ac yn gweiddi, 'Fi piau Rhys. Fi piau fo!'

Estynnai Llio ei llaw allan i gyffwrdd â Rhys ond roedd hi'n methu ei gyrraedd, a llifai'r dagrau i lawr ei gruddiau wrth iddi sylweddoli hynny. Fel yr oedd Rhys yn dod yn nes ati roedd yn troi'n ôl fwyfwy i edrych ar Gwawr a honno'n dal i chwerthin. Roedd ganddi ffrog ddu amdani a honno'n chwifio o'i chwmpas wrth iddi redeg gan ddangos ei choesau i gyd. Doedd ganddi ddim math o esgid am ei thraed.

Dechreuodd Llio weiddi: 'Tyrd yma, Rhys. Gafael yna i!' Roedd Rhys yn disgyn. Yn disgyn yn araf, araf i'r llawr. Ceisiodd Llio ei ddal ond roedd hi'n methu ei gyrraedd. Wrth nesu ato, disgynnodd Gwawr hefyd. Disgynnodd hithau'n araf, araf a gwelodd Llio ei bod am lanio ar gorff Rhys. Trodd yntau ar ei gefn ac agorodd ei freichiau i'w derbyn. Taflodd Gwawr ei phen yn ôl a chwarddodd yn uchel, uchel. Roedd ei chorff bellach yn gorwedd ar Rhys, ei gwisg fel mantell drostynt. Plygodd ei phen i'w gusanu, ei gwallt yn cuddio'u hwynebau.

'Paid, Rhys. Paid!' gwaeddodd Llio.

Cododd Gwawr ei phen unwaith eto a fferrodd Llio. Roedd ganddi graith i lawr un ochr ei hwyneb o'i llygaid i'w gên. Roedd golwg filain, gas yn ei llygaid tywyll. Roedd Rhys erbyn hyn wedi troi ar ei wyneb ac yn beichio crio.

'Na!' gwaeddodd Llio. 'Na-aa-aa-a!'

Roedd ei sgrech yn diasbedain drwy'r tŷ nes deffro ei rhieni a'u gyrru ati ar unwaith.

Roedd Llio'n sefyll wrth droed y gwely.

'O Llio, Llio,' meddai ei mam. 'Ddim eto!' Cofleidiodd ei merch a'i harwain yn ôl i'w gwely. Sylweddolodd ei bod yn dal i gysgu.

'O, Hywel, be wnawn ni?' meddai Megan Evans wedi dychryn am ei bywyd.

'Rho hi'n ôl yn y gwely ac aros yma hefo hi am ychydig. Os bydd hi'n cysgu'n dawel, gad iddi.'

Tynnodd Megan gadair at ymyl y gwely wedi iddi setlo'i merch ar y gobennydd. Roedd hunllefau Llio yn codi ofn arni ac ni theimlai'n hapus o'i gadael ar ei phen ei hun.

Estynnodd flanced o'r bocs ar waelod y gwely ac, wedi iddi eistedd, tynnodd hi dros ei choesau. Os bydd raid, meddai wrthi ei hun, mi arhosa i yma drwy'r nos.

Roedd Llio'n cysgu'n drwm ac yn dawel erbyn hyn ond gadawodd Megan olau ar y lamp rhag ofn iddi ddeffro.

Teimlodd Megan ddagrau'n cronni yn ei llygaid, cymaint oedd ei phoen am ei merch. Gallai ddweud fod Llio wedi newid yn hollol o fewn wythnos. Roedd rhywbeth yn ei phoeni, rhywbeth wedi cael gafael ynddi ac yn blino ei henaid. Byddai'n gwneud apwyntiad yn y bore iddi weld y meddyg.

Pan ddeffrôdd Llio fore trannoeth gwelodd ei mam yn cysgu yn y gadair wrth ymyl y gwely. Ac yna cofiodd ei breuddwyd. Gorweddodd am ennyd yn ail-fyw yr hunllef. Beth oedd ystyr hyn? A oedd a wnelo'r bedd rywbeth ag ef? A oedd gan Annette Wesley graith ar ei hwyneb a honno rywfodd wedi ei hymgorffori yn Gwawr? A beth am Rhys? A oedd cysylltiad rhwng George a Rhys? Sylweddolai Llio, er bod cryn ofn arni, y byddai'n rhaid iddi ymchwilio i hanes y Capten a'i wraig yn syth. Doedd dim amser i'w golli. Rhaid oedd datrys y dirgelwch cyn i bethau waethygu.

Roedd ei mam yn dechrau deffro.

'Mam.'

Agorodd Megan ei llygaid.

'Pam ydach chi yn y gadair 'na?'

'Cael hunlle wnest ti,' eglurodd Megan. 'Wyt ti'n cofio?'

'Ydw,' atebodd Llio.

'Am aros am ryw chwarter awr oeddwn i, i wneud yn siŵr dy fod ti'n iawn. Mae'n rhaid 'mod i wedi cysgu, a dy dad heb weld 'y ngholli i.'

Nid oedd Megan am ddweud wrth Llio ei bod hi wedi deffro lawer gwaith yn ystod y nos ac wedi gwrthod yn daer ymbiliadau ei gŵr i ddychwelyd i'w gwely.

'Wyt ti'n iawn rŵan?' holodd ei mam.

'Ydw,' atebodd Llio. 'Wedi gweithio'n rhy hwyr, mae'n debyg.'

'Gwell i ti aros adre heddiw,' meddai ei mam.

'O na!' plediodd Llio. 'Mae gen i brawf Cymraeg, mae'n *rhaid* i mi fynd.'

'O'r gorau,' cytunodd ei mam, 'ond mi wna i apwyntiad i ti efo Doctor Morgan heno.'

'O Mam, does dim angen . . . '

'Oes, Llio.' Torrodd ei mam ar ei thraws a gwelodd Llio nad oedd pwynt iddi ddadlau.

'O'r gorau 'ta.'

'Dyna ni. Mi a' i i lawr i wneud brecwast i ti. Mi glywa i dy dad yn y gegin yn barod.'

Wedi i'w mam fynd i lawr y grisiau aeth Llio i ystafell wely ei rhieni a chododd y ffôn. Pwysodd y botymau'n ofalus a thrwy ryw drugaredd, Mair a atebodd.

'Mair, Llio sy 'ma,' meddai mewn llais isel.

'Pwy?' Doedd Mair ddim yn ei chlywed yn dda iawn.

'Llio. Dydw i ddim yn mynd i'r ysgol heddiw . . . '

'Sâl wyt ti eto?' torrodd Mair ar ei thraws.

'Naci. Gwranda'n astud. Dw i'n mynd i'r dref a dw i isio i ti ddod efo mi.'

'I be?'

'Mi fydda i isio dy help di. Mi eglura i wedyn. Smalia dy fod ti'n mynd i'r ysgol a bydda ar Bont y Stesion am chwarter wedi naw. Mi ddaliwn ni'r bws.'

'O, wn i ddim, Llio,' protestiodd Mair. 'Cofia fod gennym ni brawf Cymraeg heddiw.'

Doedd hi erioed wedi chwarae triwant o'r

blaen—na Llio o ran hynny.

'Plîs Mair, mae o'n bwysig. Yn llawer mwy pwysig nag unrhyw brawf.'

'O'r gorau. Gobeithio y bydd y daith o werth.'

'Mi fydd, mi gei di weld. Wela i di wedyn. Hwyl!'

Gosododd Llio'r derbynnydd yn ofalus yn ei grud ac aeth i ymolchi.

Roedd Mair yn eistedd ar ben y bont pan gyrhaeddodd Llio.

'O, Mair. Paid ag eistedd yn fan 'na, rhag ofn i rywun dy weld di,' meddai Llio.

'Ble'r a' i 'ta?' holodd Mair yn swta.

'Tyrd i lawr at y giât fan 'ma,' meddai Llio. 'Mae deng munud nes daw'r bws.'

Cerddodd Mair yn araf at y giât a rhyw olwg boenus ar ei hwyneb.

'Rwyt ti wedi newid dy feddwl, yn'd wyt? Dos i'r ysgol os wyt ti isio!' arthiodd Llio.

'Na. Mi ddo' i,' atebodd Mair yn ddistaw. 'Ro'n i'n meddwl dy fod ti isio i mi ddŵad.'

'O mae'n ddrwg gen i, Mair. Wrth gwrs 'mod i isio i ti ddŵad. Braidd yn nerfus ydw i.'

'Ble 'dan ni'n mynd?' gofynnodd Mair.

'I'r llyfrgell,' atebodd Llio.

'I'r llyfrgell *rŵan?*' meddai Mair. 'Mi fasen ni wedi gallu mynd i'r llyfrgell heno.'

Edrychodd Mair ar ei ffrind. Ni allai ddeall Llio o gwbl y dyddiau yma.

'A be wnawn ni'n fan'no?' gofynnodd Mair wedyn.

'Gofyn am help y llyfrgellydd i chwilio i hanes y bedd a chefndir George ac Annette Wesley.'

Roedd Mair yn gwybod eisoes am destun prosiect Llio.

'O na!' meddai Mair yn ddiamynedd.

'O Mair, plîs paid â bod fel 'na! Mae'n rhaid i mi ddod o hyd i rywun i fy helpu i.'

'Fasai hi ddim yn well i ti ofyn i Miss Price?' awgrymodd Mair.

'Na fasai. Mae hi'n ffwdanu gormod o lawer.'

Ni chlywodd Mair erioed mo Llio yn dweud gair cas am yr athrawes o'r blaen.

'Llio,' meddai Mair yn dyner, 'pam na ddeudi di y stori i gyd wrtha i?'

'O'r gorau 'ta,' meddai Llio, yn falch o'r diwedd o gael y cyfle i adrodd ei hofnau. Dechreuodd gyda'r daith i'r fynwent y tro cyntaf gan fanylu ar sut y teimlai ac agwedd Gwawr wrth y bedd. Adroddodd hanes yr hunllefau, y digwyddiad yn y disgo a'r hyn a ddigwyddodd rhyngddi a Rhys yn y fynwent yr ail dro. Manylodd orau y gallai rhag i'r hyn a ddywedai swnio'n ddibwys.

'Wn i ddim be i'w ddweud,' meddai Mair yn araf wedi i Llio orffen. 'Wyt ti'n meddwl fod 'na ryw ysbryd yn dy boeni di?'

'Wn i ddim,' meddai Llio, 'ond mae 'na rywbeth wedi gafael yna i, dw i'n siŵr. Fedra i ddim cysgu'n iawn, na bwyta'n iawn a rydw i ar bigau'r drain drwy'r amser . . . poeni am bethau gwirion.'

'Am Rhys a Gwawr?' gofynnodd Mair.

'Ia,' cyfaddefodd Llio'n ddistaw.

'Does dim rhaid i ti. Dydy o ddim yn ei ffansïo hi.'

'Nac ydy eto, 'falla,' meddai Llio, 'ond mae hi'n trio'i gorau i'w ddenu o ati hi, ac mae hi'n bersonoliaeth mor gre.'

'A be sy a wnelo'r daith i'r llyfrgell â hyn i gyd?' holodd Mair.

'Mae'n rhaid i mi ffeindio hanes George ac Annette Wesley. Yno mae'r ateb. Rhaid i mi gael gweld rhywun i'm rhoi i ar ben ffordd. Mae 'na rywbeth rhyfedd yno—rhyw ddirgel-wch, a fydd dim heddwch i mi nes i mi ei ddatrys.'

Aeth Mair yn oer drosti a theimlodd binnau bach yn pigo'i gwar.

'O paid, Llio. Plîs, paid! Tyrd adre wir. Ffein-dia destun arall i dy draethawd. Os oes 'na ryw-beth tu cefn i hyn, gad iddo fod!' Roedd Mair yn amlwg wedi cynhyrfu.

Edrychodd Llio arni, ei llygaid yn ddisglair gan ddagrau. Doedd ei ffrind yn amlwg ddim wedi deall difrifoldeb y sefyllfa.

'Ond *fedra* i ddim, Mair. Gymaint ag yr ydw i eisiau troi a rhedeg i ffwrdd . . . fedra i ddim. Dwyt ti ddim yn dallt?'

PENNOD 5

'MAE hi'n gas gen i ddydd Mawrth,' meddai Dafydd wedi iddo eistedd wrth ei ddesg yn yr ystafell gofrestru.

'Pam felly?' gofynnodd Huw.

'Gwersi dwbl drwy'r dydd, fel tasa gwersi sengl o Ffrangeg, Hanes, Mathemateg a Chyfrifon ddim digon.'

'Be 'nath i ti ddewis 'u cymryd nhw felly?' holodd Huw eto.

'Doedd gen i fawr o ddewis yn nac oedd, wedi gweld marciau arholiad dosbarth tri!' meddai Dafydd. 'Hei, drycha ar Rhys,' ychwanegodd.

Trodd Huw ei ben i weld Rhys yn cerdded i mewn i'r ystafell efo Gwawr.

'Mae hi ar 'i ôl o, was,' meddai Huw. 'Mi fetia i. Ers yr adeg 'na'r aethon ni i'r fynwent hefo Miss Price.'

Roedd gwên hurt ar wyneb Dafydd a Huw pan ymunodd Rhys â nhw.

'Be sy'n bod arnoch chi?' gofynnodd Rhys.

'Dim byd,' atebodd Huw gan smalio chwibanu dan ei wynt.

'Be sy'n bod arnat ti, ti'n feddwl,' meddai Dafydd. 'Be tasa Llio wedi cyrraedd a dy weld di'n cerdded i mewn hefo honna?'

'Pam felly?' Edrychodd Rhys yn hollol ddiniwed, heb gymryd arno ei fod yn deall awgrym ei ffrindiau.

'O, tyrd 'laen, Rhys,' meddai Dafydd. 'Mae hi'n amlwg ei bod hi'n dy ffansïo di.'

'O, paid â rwdlan,' meddai Rhys gan wrido rhyw gymaint. Cododd ei ben a gwelodd fod Gwawr yn talu sylw i'r hyn oedd yn mynd ymlaen. Gwenodd arni.

'Wyt ti'n siŵr nad wyt ti'n ei ffansïo hi?' gofynnodd Huw, gan edrych yn graff arno.

'Bore da, dosbarth pump,' meddai Mr Parri wrth gerdded i mewn i'r dosbarth. Daeth rhyddhad dros Rhys. Fe'i harbedwyd rhag ateb, am y tro.

Dechreuodd Mr Parri alw'r enwau ar y gofrestr. Pan ddaeth at enwau Llio a Mair doedd dim ateb. Wedi galw drwy'r enwau gofynnodd: 'Oes 'na rywun yn gwybod rhywbeth o hanes Llio Evans a Mair Jones?' Edrychodd ar Rhys ond ni ddywedodd neb air. 'O'r gorau,' meddai Mr Parri, 'ffwrdd â chi i'r gwasanaeth.'

Wrth basio heibio i ddesg Rhys meddai Gwawr wrtho:

'Rhaid i mi dy weld di amser chwarae. Tyrd at y sied beics yn syth.'

Ni roddodd gyfle iddo ateb a chwarddodd Dafydd a Huw yn uchel wrth weld Rhys yn cochi.

Ni allai Rhys ganolbwyntio o gwbl yn ystod y ddwy wers gyntaf, gan ei fod ar bigau'r drain eisiau gwybod pam roedd Gwawr am ei weld. Nid oedd hi wedi dweud gair am hyn wrth iddynt ddod i mewn i'r ysgol, ond chafodd hi fawr o gyfle gan mai dim ond o'r giât yr oedden nhw wedi cydgerdded. Roedd yn rhaid i Rhys gyfaddef wrtho'i hun ei fod yn dechrau ffansïo Gwawr. Doedd o erioed wedi meddwl amdani fel hyn o'r blaen nes iddi ei ddilyn adref o'r ysgol. Ni allai ei chael hi o'i feddwl— yr oedd arno eisiau ei gweld drwy'r amser ac eisiau bod yn ei chwmni. Yr oedd y darlun o'r ferch annymunol, gegog wedi diflannu ac yn ei le yr oedd darlun direidus, chwareus a rhywiol.

O'r diwedd fe ganodd y gloch am yr egwyl a rhuthrodd Rhys at y sied feiciau heb ddisgwyl am ei ffrindiau. Pan gyrhaeddodd doedd neb yno. Ymhen ychydig eiliadau ymunodd Gwawr ag ef. Plygodd i roi ei bag ar y llawr ac wrth wneud hynny, â'i chefn ato, gwelodd Rhys amlinell ei phen ôl yn ei sgert gwta, dynn. Teimlai ei bod yn gwneud hyn yn fwriadol. Beth bynnag am hynny, llwyddodd i'w gynhyrfu. Trodd Gwawr a phwysodd yn erbyn y wal gan syllu arno.

'A lle mae *hi* heddiw?' gofynnodd.

'Pwy?' meddai Rhys yn ddiniwed.

'Wel, Llio yntê, dy gariad di,' atebodd Gwawr.

'Wn i ddim.'

'Ydy hi'n sâl?' gofynnodd Gwawr.

'Ddim i mi wybod. Pam yr holi?'

'O, dim byd.' Gwenodd Gwawr arno a daeth i sefyll yn nes ato. 'Mae hi'n sâl yn aml y dyddia yma yn tydi? Llewygu ac yn y blaen. Wyt ti'n siŵr nag ydach chi ddim wedi bod yn cam-fyhafio?'

Chwarddodd Gwawr wrth weld yr olwg ar wyneb Rhys pan sylweddolodd beth oedd ei hawgrym.

'Be wyt ti isio, Gwawr?' gofynnodd yn flin. Roedd o'n meddwl ei bod hi'n gwneud hwyl ar ei ben.

'Mae'n dibynnu beth wyt ti'n gynnig,' atebodd hithau. Edrychodd i fyw ei lygaid a theimlodd ei fod yn cael ei dynnu i bwll dwfn, dwfn ond nid yn erbyn ei ewyllys.

'Rydan ni wedi prynu cwch newydd. *Tamara* ydy'r enw. Bydd yn cyrraedd yr harbwr yn ystod y penwythnosau nesa.'

Gwyddai Rhys fod Gwawr wrth ei bodd yn hwylio ac yn gweithio ar y cwch gyda'i thad. Ni fyddai hi byth yn chwilio am waith dros y Sul nac yn ystod y gwyliau fel y gweddill o'r criw, gan y byddai ei diddordeb yn mynd â'i bryd a'i hamser.

'O, felly wir,' meddai Rhys.

'Rydan ni am gael parti i'w bedyddio hi. Mi faswn i'n hoffi i ti ddod.'

Ni wyddai Rhys beth i'w ddweud. Roedd ei chynnig mor annisgwyl.

'Pam fi?' gofynnodd.

Daeth Gwawr yn nes ato. Gallai deimlo ei braich yn erbyn ei fraich ef, ei chlun yn erbyn ei goes.

'Dad ddeudodd wrtha i am ofyn i rywun os oeddwn i isio. Ar y funud, ti ydy fy hoff berson i.'

Gallai Rhys deimlo ei hanadl yn boeth ar ei glust a throdd ei ben tuag ati. Taenodd ei fysedd dros ei grudd ac yna teimlodd ei gwefusau yn cyffwrdd ei ên ac yna'n dod o hyd i'w wefusau ef. Meddwodd Rhys yng ngwres ei chusanu nes teimlo'n benysgafn braf. Gafaelodd yn dynn amdani a phwysodd hithau ei chorff yn ei erbyn. Roedd ei du mewn yn troi, ei anadl yn fyr a hithau'n ei gusanu'n galetach a chaletach. Roedd pob atgof o Llio wedi cilio. Ni wyddai pa mor hir y buont yn cusanu ond wedi gorffen roedd o ar dân eisiau dechrau eto.

'Wel?' gofynnodd hithau. Gallai weld fod Rhys wedi cynhyrfu ac roedd gwên foddhaus ar ei hwyneb.

'Neis iawn,' atebodd yntau'n hurt gan feddwl ei bod yn cyfeirio at y gusan.

'Dy ateb di?' chwarddodd Gwawr wrth ddeall ei benbleth.

'O iawn. Ia, mi ddo' i.' Roedd Rhys yn ddryslyd ei feddwl. Gwyddai na fyddai Llio yn falch o glywed hynny ond ar hyn o bryd doedd dim ots ganddo fo o gwbl. 'Mi edrycha i ymlaen.'

'O'r gorau 'ta. Mi gei di'r manylion gen i eto. Mi a' i rŵan.' Taenodd ei bysedd dros ei rudd a chusanodd ef yn ysgafn, ysgafn ar ei wefus. 'Mi fydda innau'n edrych ymlaen,' meddai'n ddistaw awgrymog. 'Hwyl!' Ac i ffwrdd â hi.

Sylweddolodd Rhys fod dau fachgen bach o'r dosbarth cyntaf wedi bod yn eu gwylio. Chwarddodd yn uchel a dweud, 'Ewch o 'ma'r diawliaid!' yn llawn hwyl.

Roedd o mewn cariad.

Wedi cyrraedd y llyfrgell safodd Llio wrth y drws yn edrych ar yr hysbysfwrdd a nodai oriau agor yr adeilad.

'Dyma ni,' meddai ymhen ychydig eiliadau. 'Mr Eurwyn Puw, Llyfrgellydd. Tyrd, Mair.'

Dilynodd Mair hi i mewn i'r adeilad ac at y ddesg lle'r oedd gwraig ganol oed yn prysur roi trefn ar gardiau mewn bocs. Edrychodd arnynt yn syth.

'Ydy Mr Puw yma, os gwelwch yn dda?' holodd Llio.

'Wel, ydy,' atebodd y wraig yn betrus braidd, 'ond alla i eich helpu chi?'

'Na, rhaid i mi weld Mr Puw,' meddai Llio yn bendant.

'Eisiau help efo prosiect ysgol rydan ni,' meddai Mair, 'ac mi awgrymodd rhywun y gallai Mr Puw ein helpu.'

Gwenodd y wraig. Roedd geiriau Mair yn

amlwg yn cael mwy o effaith na phen-
dantrwydd Llio.

'Rhoswch funud.' Cododd y ffôn wrth ei
hymyl a siaradodd yn isel.

'Dyna chi,' meddai wrth roi'r derbynnydd i
lawr. 'Mae Mr Puw yn fodlon eich gweld chi
rŵan. Ewch drwy'r drws yna ar y dde ac i lawr
y coridor i'r pen draw. Mae'i enw fo ar y
drws.'

Wrth weld yr olwg swil ar wynebau'r ddwy,
meddai wedyn:

'Dilynwch fi. Mi a' i â chi at Mr Puw.'

Dyn tal, tenau oedd Eurwyn Puw, ei wallt
wedi britho ac yn dechrau moeli. Wedi eu
cyflwyno fel 'dwy ferch fach o'r ysgol eisiau
help efo prosiect', dychwelodd y wraig at ei
gwaith.

Wedi holi eu henwau ac ychydig am eu
cefndir gofynnodd Mr Puw iddynt sut y gallai
eu helpu.

Dywedodd Llio mai hi oedd yn chwilio am
wybodaeth, a bod Mair wedi dod efo hi yn
gwmni. Eglurodd Llio natur ei phrosiect gan
sôn am ei hymchwil i hanes yr eglwys ac i'r
fynwent a'r bedd yn arbennig. Eglurodd ei bod
wedi cael digon o wybodaeth am yr eglwys a'i
bod yn awr yn canolbwyntio ar un bedd yn
arbennig. Nid eglurodd Llio y dynfa ryfedd a
deimlai at y bedd ac at hanes y gŵr a'r wraig,
ond eglurodd nad oeddynt yn perthyn iddi.

Awgrymodd Mr Puw mai'r man cychwyn

fyddai cael gafael ar dystysgrifau marwolaeth, priodas ac efallai geni, y ddau a hefyd gallent archwilio cofrestri plwyf a chyfrifiad yn yr archifdy.

Wrth weld penbleth y ddwy eglurodd Mr Puw ymhellach, 'Mi fyddwn i'n dechrau gyda'r tystysgrifau marwolaeth a gweithio yn ôl. Bydd yn rhaid i chi gael y dystysgrif briodas, ac felly gyfenw gwreiddiol Annette er mwyn cael ei thystysgrif geni hi. Bydd yn rhaid i chi dalu pumpunt yr un am y tystysgrifau.'

Wrth weld ymateb Llio i hyn, a sylweddoli na fyddai gan ddisgyblion ysgol lawer o arian, ychwanegodd Mr Puw:

'Mae cofrestrydd yr ardal yma yn hen ffrind i mi. Efallai y gallaf ei berswadio i adael i chi gael golwg ar y tystysgrifau yma heb orfod prynu copïau, os ydyn nhw ganddo fo.'

'Mi fyddwn i'n ddiolchgar iawn am hynny,' meddai Llio.

'Efallai y byddai hen bapurau newydd y cyf-nod yn eich helpu. Mae gennym ni ôl-rifynnau yma yn y llyfrgell. Ac mae gen i restr o lyfrau sy'n dweud wrthych chi sut i fynd o gwmpas y busnes o hel achau. Bydd Mrs Morris wrth y ddesg yn barod i'ch helpu i ddod o hyd iddyn nhw.'

Estynnodd Mr Puw ddalen o bapur o'r cwpwrdd a'i rhoi i Llio. Arno roedd y rhestr llyfrau.

'Dyna chi. A gofynnwch i Mrs Morris ddangos

i chi ble mae'r llyfrau sy'n olrhain hanes cap-
teiniaid a'u llongau. Efallai y bydd rhywbeth o
werth ynddynt.'

Roedd Llio wedi bod yn nodi un neu ddau o'r
pwyntiau a awgrymodd Mr Puw mewn llyfr
bach, gan na fyddai'n cofio'r holl ffeithiau.
Byddai'n rhaid iddi hi gyfaddef, pe gofynnid
iddi, fod y gwaith ymchwil yma'n llawer mwy
cymhleth nag a feddyliai. Roedd hi'n falch
ofnadwy o gymorth Mr Puw a hefyd yn falch
fod Mair yn gwmni iddi.

Teimlent eu bod wedi tarfu digon arno erbyn
hyn ac yntau'n amlwg yn ddyn prysur felly
dechreuodd Llio gasglu ei phethau at ei gilydd
a diolch iddo am ei help.

'Rydw i wrth fy modd yn gweld pobl ifanc yn
ymddiddori mewn hanes lleol,' meddai Mr
Puw, 'ac yn falch o gael helpu Ysgol Penmorfa.
Ffoniwch fi yma yfory, mi fydda i wedi cael
gair efo'r cofrestrydd.'

'Diolch o galon i chi eto,' meddai Llio.

Bu'r ddwy yn y llyfrgell am ryw hanner awr
wedyn yn dod o hyd i'r llyfrau, gyda chymorth
Mrs Morris. Wedi cael stamp arnynt ac ymadael
â'r llyfrgell aeth y ddwy i ganol y dref i gael
cinio.

'Sut wyt ti'n mynd i egluro'r llyfrau i dy
·fam?' holodd Mair.

'Wnaiff hi mo'u gweld nhw,' atebodd Llio,
gan ei bod wedi eu stwffio i'w bag ysgol. 'Os
gwnaiff hi, mi dd'weda i mai Miss Price piau

nhw.'

Treuliodd y ddwy y pnawn yn edrych o gwmpas y siopau, Llio ar bigau'r drain eisiau mynd adre i bori yn y llyfrau a Mair ofn am ei bywyd i rywun eu gweld.

Daliasant y bws yn ôl i'r pentref gan gyrraedd yno o fewn rhyw ddeng munud wedi i'r gloch ganu. Roedd y ddwy gartref yr un pryd ag arfer.

'Paid â thynnu dy gôt,' meddai Megan Evans fel roedd Llio'n cerdded i mewn.

Edrychodd Llio yn hurt arni. 'Pam?' gofynnodd.

'Mi awn ni'n syth. Tyrd wir, i ni gael tro reit handi.'

'Lle 'dan ni'n mynd?' holodd Llio.

'Wel at y doctor 'te?'

Roedd Llio wedi anghofio popeth am ei haddewid ond gwyddai nad oedd pwrpas protestio. Dilynodd ei mam yn dawedog.

Wedi archwilio Llio'n fanwl gofynnodd Dr Morgan iddi:

'Oes 'na unrhyw beth yn dy boeni di, Llio?'

'Nac oes,' atebodd Llio yn syth.

'Gweld rhyw arwydd o densiwn roeddwn i,' eglurodd yntau.

'Mae hi'n gweithio'n rhy galed,' torrodd Megan Evans i mewn i'r sgwrs, 'yn enwedig ar ryw draethawd hanes sy ganddi. Mae hwnnw wedi mynd â'i bryd ac yn achosi iddi gael hunllefau.'

'Mi all gorweithio achosi hunllefau, Megan. Gormod o bethau . . . o ffeithiau, yn troi yn y meddwl. Y meddwl ddim yn gorffwys.'

'Ond mae'n rhaid i mi wneud fy ngwaith ysgol,' protestiodd Llio.

'Rhaid yn siŵr,' cytunodd Dr Morgan.

'Ond nid ar draul ei hiechyd,' meddai ei mam.

'Wel, alla i ddim gweld fod unrhyw beth mawr yn bod arni hi,' meddai Dr Morgan. 'Mae ei gwaed hi ryw ychydig yn isel, ond mi ddylai tonic go dda o haearn wella hynny. Gwna'n siŵr dy fod ti'n cael digon o gwsg, Llio. Dyna i gyd.'

'Diolch yn fawr, Doctor,' meddai Llio.

'Os na fydd hi'n iawn ar ôl hyn, mi fyddwn ni'n ôl,' meddai ei mam wrth agor y drws.

'Wrth gwrs, Megan. Da boch chi.'

Ni fyddai Llio'n dweud mai hunllef a gafodd hi'r noson honno. Roedd hi'n effro. Roedd hi'n siŵr ei bod hi'n effro. Roedd hi wedi mynd i'w gwely yn weddol fuan, i blesio'i mam yn fwy na dim, ac wedi dechrau darllen un o'r llyfrau a gafodd yn y llyfrgell. Llyfr ydoedd am longau, eu gwneuthurwyr a'u capteiniaid ac roedd ynddo luniau o rai o'r llongau a hefyd adroddiadau manwl o'u teithiau.

Trodd Llio'r tudalennau a gwelodd fod rhestr faith o longau a disgrifiad ohonynt— mesuriadau, gwneuthurwyr, mordeithiau a'r hyn a ddigwyddodd iddynt. Doedd ganddi hi ddim amser i ddarllen drwy'r rhain yn awr gan ei bod wedi blino cymaint. Roedd ei llygaid bron â chau wrth ddarllen. Tybiai fod cynnwrf y diwrnod wedi bod yn ormod iddi. Roedd hi'n blino'n hawdd y dyddiau yma ac yn teimlo'n lluddedig a gwan gan nad oedd hi'n gallu bwyta fawr ddim. Diffoddodd y golau a setlodd ei hun yn gyfforddus ar y clustogau. Syrthiodd i gwsg ysgafn.

Yn sydyn, clywodd sŵn rhyfedd yn yr ystafell. Agorodd ei llygaid ond ni symudodd. Gallai weld siâp y celfi yn y golau llwydwyn. Trodd ei phen yn araf. Gallai weld cysgod du yng nghornel yr ystafell, yn agos at droed y gwely. Fferrodd ei chyhyrau a gallai glywed ei chalon yn curo'n uchel. Aeth yn oer drosti. Ni feiddiai weiddi, hyd yn oed pe gallai. Roedd y siâp yn symud ychydig, rhyw siglo yn ôl ac ymlaen ac yna i'r ochr. Ni allai Llio ddirnad beth ydoedd ac yna gwelodd ei fod yn codi i fyny. Corff ydoedd. Person! Merch . . .

O na! meddyliodd, mae hi yma eto.

Gallai ei gweld yn glir rŵan, yn gwisgo'r un dillad du ag o'r blaen.

'O Gwawr,' meddyliodd, 'ai ti sy 'na yn chwarae tric arna i?'

Clywodd y ferch yn gwneud sŵn rhyfedd wrth siglo'n ôl a blaen. Rhyw fath o sŵn suo neu sisial isel. Trodd y ferch yn awr a gwelodd Llio ei siâp o'r ochr. Gallai weld amlinelliad ei hwyneb yn glir. Roedd ei gwallt yn ôl y tro yma, wedi ei glymu y tu ôl i'w phen. Roedd ganddi dalcen cadarn a thrwyn hir main a gwelodd Llio ei gwefusau llawn yn toddi'n llinell i'w gwddf hir. Roedd hi fel petai yn ymestyn ei phen a'i gwddf allan. Doedd hi ddim yn union fel Gwawr ond yr oedd tebygrwydd cryf ynddi.

Trodd i wynebu Llio yn awr a syfrdanwyd Llio eto gan erchylltra ei chraith. Wedi troi, sylwodd ar Llio yn crynu rhwng y cynfasau a safodd i fyny'n syth. Dechreuodd wenu a chwerthin yn isel. Rhyw chwerthin gyddfol, melltithiol. Daeth yn nes at waelod y gwely.

'Arna i mae ei fryd o,' meddai gan ddal i wenu. 'Arna i. Fi sy'n mynd â'i fryd o. Fi sy'n ennill!'

Ni thynnodd Llio ei golwg oddi ar ei hwyneb a synnodd wrth weld pa mor wyn a syth oedd ei dannedd. Chwarddodd eto, yr un chwerthin gyddfol, ond yn sydyn trodd y chwerthin yn gyfog a gwelodd Llio waed yn llifo o'i cheg, ei llygaid yn troi a'r graith yn goch hyll ac yn amrwd.

Teimlodd Llio ei chalon yn peidio â churo, ei bysedd a'i thraed yn ddiffrwyth a hithau'n ysgafn ei chorff ac yn teimlo ei bod yn codi uwchlaw y gwely. Diflannodd y ferch a theimlodd Llio ei hun yn disgyn, disgyn ac yna ysgytwad yn dirdynnu ei chorff. Roedd y distawrwydd yn llethol.

Byseddodd Llio y cynfasau, y gobennydd, ei gwallt, ei llygaid, ei thrwyn a'i cheg.

'Diolch i Dduw 'mod i'n fyw!' sibrydodd wrthi ei hun.

Cynheuodd olau'r lamp a dechreuodd grio'n ddistaw. Ni alwodd allan y tro hwn. Cododd o'i gwely ac edrychodd ar y ddesg wrth ymyl y ffenestr lle gorweddai ei thraethawd a'r llyfrau o'r llyfrgell.

Daeth rhyw nerth rhyfedd drosti.

'Dyna ddigon!' meddai'n uchel, 'Dyna ddiwedd—alla i ddim cymryd mwy.'

Aeth at y ddesg a chwalodd y papurau a'r llyfrau'n wyllt â'i llaw nes peri iddynt ddisgyn i'r llawr. Gafaelodd yn rhai o'r taflenni a'u malu'n ddarnau mân.

'Does arna i ddim eisiau mwy, dim sgwennu, dim darllen, dim gweld mwy . . . dim hunllefau . . .' Torrodd allan i feichio crio a suddodd ar ei phenliau i'r llawr. 'O be wna i!'

Teimlai mor unig ac ofnus ac ni wyddai at bwy i droi. Pwy fyddai'n deall? Pwy fyddai'n credu ei hamheuon fod rhywbeth sinistr arallfydol wedi cael gafael ynddi? Rhys? Na. Gwyddai yn awr ei fod ef yn rhan o hyn i gyd; ond sut? A oedd o o'i phlaid ynteu yn ei herbyn? Roedd hi wedi mynd yn rhy bell, ni allai droi yn ôl.

Clywodd eiriau'r ferch eto yn ei meddwl, 'Fi sy'n ennill'.

Pam roedd Annette Wesley yn ei phoenydio? Beth oedd ei chysylltiad hi â Gwawr?

Gwyddai fod yr atebion i gyd yn y gorffennol. Teimlai'n llai ofnus unwaith eto ac yn gadarnach. Byddai'n rhaid iddi ddod o hyd i'r gwir. Ni châi orffwys nes iddi wneud hynny. Edrychodd ar y cloc. Chwarter wedi pedwar. Taclusodd y papurau a'r llyfrau yr oedd hi wedi eu taflu i'r llawr. Byddai'n rhaid ailysgrifennu y rhai a rwygodd. Wrth wneud hynny diolchodd nad oedd ei sŵn wedi deffro ei rhieni. Ni fyddai'n dweud dim wrthynt, ar hyn o bryd, rhag eu poeni.

Ni ddiffoddodd y golau a gorweddodd yno'n disgwyl iddi wawrio.

PENNOD 6

CAFODD Llio gipolwg ar Rhys fel yr oedd hi'n troi i mewn drwy giatiau'r ysgol. Gwaeddodd arno:

'Rhys!'

Cerddodd yntau ymlaen. Gwaeddodd eto gan redeg ar ei ôl i'w ddal.

Arhosodd y tro yma. Roedd golwg ddiamynedd ar ei wyneb.

'Rhys!'

'Roeddwn i'n meddwl y baset ti wedi fy ffonio i neithiwr,' meddai Llio wrtho.

'Pam?' gofynnodd yntau.

'Wel, am nad oeddwn i yn yr ysgol,' atebodd hithau.

'Wel ro'n i'n brysur,' eglurodd Rhys.

Cerddai'n gyflym a bu'n rhaid i Llio redeg eto i gadw efo fo.

'Fyddi di o gwmpas amser chwarae?' gofynnodd Llio.

'Na fyddaf,' meddai Rhys. 'Hwyl.' A cherddodd oddi wrthi.

Safodd Llio'n stond yn ei wylio'n mynd. Sylweddolodd nad oedd o wedi edrych arni hi o gwbl, nac wedi holi beth oedd yn bod arni y diwrnod cynt.

Dim ond genethod dosbarth Llio oedd yn cof-restru y bore hwnnw gan fod y bechgyn eisoes wedi mynd i'w gwers ymarfer corff. Roeddynt yn dechrau'n gynnar er mwyn cerdded i'r pwll nofio. Pan gerddodd Llio i mewn i'r dosbarth tynnwyd ei llygaid yn syth at Gwawr. Llamodd ei chalon. Roedd Gwawr wedi clymu ei gwallt yn ôl oddi ar ei hwyneb ac yn prysur siarad â dwy o'i ffrindiau a eisteddai y tu ôl iddi, fel mai dim ond ochr ei hwyneb a welai Llio o'r fan lle'r oedd hi'n sefyll.

O, mae hi mor debyg! meddyliodd Llio, gan wneud ei ffordd yn sigledig at Mair.

'Rhaid i ti ddod efo mi amser chwarae,' meddai Llio wrth ei ffrind.

'O na, ddim *eto*, Llio,' oedd ymateb Mair.

'Paid â phoeni. Dim ond mynd i ffonio Mr Puw rydw i, ac mae gen i rywbeth i'w ddweud wrthyt ti.'

Daeth Mr Parri i mewn a bu'n rhaid iddynt dewi. Roedd Mair wedi cael dwy o enethod y chweched i ffugio dau nodyn absenoldeb ar eu cyfer ac er bod Mr Parri wedi edrych arnynt yn ddrwgdybus, ni ddywedodd yr un gair.

Nid oedd cyfraniad Llio i'r gêm bêl-rwyd yn werth llawer yn ystod y ddwy wers gyntaf a cheryddodd Miss Evans hi am ei diffyg ynni a'i diffyg gallu i ganolbwyntio. Nid oedd Llio wedi cysgu o gwbl ar ôl ei phrofiad dychrynllyd y noson cynt. Pendympiodd ryw ychydig ond roedd arni ofn gadael iddi ei hun gysgu'n drwm. Roedd hi hefyd ar bigau'r drain eisiau ffonio Mr Puw. Ni allai wisgo'n ddigon sydyn ar ddiwedd y wers ac aeth hi a Mair allan o'r gampfa'n syth pan ganodd y gloch.

'Mi awn ni i'r ciosg ar draws y ffordd,' meddai Llio. Nid oedd am ffonio o ffôn cyhoeddus yr ysgol, rhag ofn i rywun glywed ei sgwrs.

'O Llio! Be tasa rhywun yn ein gweld ni?' meddai Mair. 'Reit ar draws y ffordd o'r ysgol!'

'Wêl neb ni,' meddai Llio. 'Tyrd wir, neu mi fydd amser chwarae drosodd.'

Cafodd Llio afael ar Mr Puw yn syth a dywedodd yntau y byddai Mr Roberts y cofrestrydd yn barod i'w helpu. Rhoddodd rif ffôn Mr Roberts i Llio ac atgoffodd hi eto am y papurau newydd yn y llyfrgell, rhag ofn y byddent o help iddi.

Wedi ffarwelio ag ef ffoniodd Llio Mr Roberts. Trefnodd i fynd i'w weld ddydd Gwener gan nad oedd ysgol i'r disgyblion; roedd hi'n ddiwrnod hyfforddiant mewn swydd athrawon.

'Dyna ni, felly,' meddai Llio wrth osod y derbynnydd yn ôl yn ei le. 'Didrafferth, fel pe bai rhywun yn ein harwain ni.'

'O, paid â dweud petha fel 'na, plîs,' meddai Mair. 'Tyrd yn ôl i'r ysgol.'

Ar y ffordd drwy'r iard dechreuodd Llio

ddweud hanes ynweliad y wraig mewn du wrth Mair. Edrychodd honno arni a golwg hurt ar ei hwyneb.

'Breuddwydio roeddet ti, Llio,' meddai. 'Hunllef, fel o'r blaen.'

'Nage, Mair. Roedd hi *yna*. Mi allwn i ei theimlo hi yna. Rydw i'n bendant 'mod i'n effro.'

'O, *Llio!*' meddai Mair. 'Rho'r gorau i'r lol 'ma rŵan cyn iddi fynd yn rhy hwyr. Fedri di ddim chwarae efo pethau fel hyn. Plîs, Llio.'

'Fedra i ddim,' atebodd Llio mewn llais isel. 'Mae'n rhy hwyr i mi roi'r gorau iddi, rŵan. Mae 'na rywbeth gwirioneddol ofnadwy wedi cael gafael yno i, a cha i ddim llonydd nes i mi ddarganfod y gwir. Dw i'n bendant o hynny. Mi wnei di fy helpu i, yn gwnei?'

Ni allai Mair edrych ar Llio am ychydig eiliadau ac yna cododd ei phen.

'O Llio, mae arna i ofn,' meddai. 'Oes gen ti ddim ofn?'

'Oes siŵr,' atebodd Llio. 'Sut wyt ti'n meddwl dw i'n teimlo pan dw i'n gweld y ferch 'ma? Wn i ddim be mae hi isio na be all hi'i wneud i mi . . . ' Torrodd llais Llio. 'Ond Mair, dw i isio help.'

'O'r gorau,' meddai Mair, 'ond ar un amod . . . '

'Be?'

'Os bydd y peth 'ma'n ymyrryd â fi, yna mi fydda i'n cadw draw.'

'O'r gorau, Mair. Diolch.'

Wrth iddyn nhw nesu at brif fynedfa'r ysgol gwelsant Rhys a Gwawr yn pwyso'n erbyn y wal yn sgwrsio. Roedd y ddau yn chwerthin ac yn hollol anymwybodol o bawb o'u cwmpas. Edrychodd Llio ar Mair ond ni ddywedodd yr un ohonynt air.

Edrychodd Rhys ar y papur gwyn o'i flaen. Nid oedd o wedi ysgrifennu gair ers dechrau'r wers, bron ddeng munud yn ôl. Traethawd ar gerddi R. Williams Parry oedd y peth olaf ar ei feddwl ar hyn o bryd. Teimlai ei fod yn cael ei dynnu'n gareiau. Roedd ei ben yn ysgafn a'i galon yn curo wrth feddwl am Gwawr. Gallai ddal i flasu ei chusan ar ei wefusau. Byddai wrth ei fodd yn cael ei hanwesu a'i chofleidio, arogli ei phersawr a chlywed ei chwerthiniad hudolus. Roedd ei stumog fel pe bai'n llawn o ieir bach yr haf a'r rheini'n llamu ac yn cyffroi bob tro y deuai'r darlun o Gwawr i'w feddwl. Ni theimlodd erioed fel hyn am Llio. Roedd yn rhaid iddo gyfaddef ei fod yn teimlo'n euog iawn ynglŷn â hi. Ni allai edrych i'w hwyneb rhag ofn iddo fradychu ei gyfrinach, ac ni allai oddef ei dagrau pe bai'n dweud wrthi hi. Doedd dim cyffro yn Llio, dim o'r cythraul a welai yn Gwawr, ac ar hyn o bryd roedd Rhys wedi cael llond bol o fod yn 'hogyn da, distaw', fel y'i disgrifid.

Eisteddodd yn ôl yn awr a thynnodd *chewing*

gum allan o'i boced. Tynnodd ef o'r papur, ei roi yn ei geg a'i gnoi yn swnllyd. Roedd Gwawr yn eistedd ddwy sedd o'i flaen a throdd i edrych arno wrth glywed sŵn y papur. Gwenodd arno'n ddireidus a winciodd yntau arni. Trodd Llio o'r ffrynt i edrych hefyd a sylweddolodd mai nid iddi hi roedd y winc.

'Rhys Pritchard! Be 'dach chi'n feddwl ydach chi'n wneud?' gwaeddodd Bethan Howells o'i desg. 'Ydych chi'n cnoi?'

'Nac ydw, Miss,' atebodd Rhys yn herfeidd-iol. Roedd rhyw olwg ystyfnig ar ei wep a barodd i Bethan Howells amau ei air.

'Mi ofynna i eto, Rhys. Ydych chi'n cnoi?'

Wrth glywed tôn ei llais gwelodd Rhys na ddylai fynd yn rhy bell ac atebodd, 'Ydw, Miss,' yn ddistaw.

'Rhowch o yn y bin.'

Cododd Rhys o'i sedd a cherddodd i flaen y dosbarth gan wrando ar yr athrawes yn dal i bydru 'mlaen . . .

'Un peth sy'n gas gen i ydy plant sy'n cnoi yn y dosbarth. Peth sy'n gasach gen i ydy plant sy'n dweud celwydd. Ewch ymlaen â'ch gwaith.'

Prin iawn fu'r adegau i Rhys gael ei geryddu ar goedd a theimlai Llio yn drist o weld hynny. Roedd Rhys yn newid—er gwaeth—ac roedd Llio yn bendant mai ar Gwawr yr oedd y bai am hynny. Mi fynnai hi gael gair efo fo ar ddiwedd y wers.

Pan ganodd y gloch ar ddiwedd y wers, roedd hi'n amser mynd adref. Ceisiodd dynnu sylw Rhys er mwyn dangos fod arni eisiau gair, ond rhuthrodd yntau allan gan ymuno â Gwawr wrth y drws. Gwelodd Llio'r ddau'n cydgerdded i fyny'r coridor, gan chwerthin yn braf.

'Bitsh wyt ti, Gwawr Daniels!' meddai Mair wrth gerdded at y bws y tu allan i'r ysgol.

Edrychodd Gwawr arni am ychydig cyn ateb. 'A be dw i wedi'i wneud i haeddu'r fath sylw?' Roedd golwg ddiniwed bwrpasol ar wyneb Gwawr.

'Ti'n gwybod yn iawn,' atebodd Mair. 'Tynnu ar Rhys a thithau'n gwybod ei fod o'n mynd efo Llio.'

'Am ryw hyd, yntê?' meddai Gwawr, a rhyw nodyn cas i'w glywed yn ei llais erbyn hyn.

'Rwyt ti'n rhedeg ar ei ôl o ac yn gwneud dy hun yn wirion.' Doedd Mair ddim am adael i'r sgwrs fynd.

'Ers pryd wyt ti'n poeni amdana i?' Daeth Gwawr yn nes at Mair a gafaelodd yn frwnt yn ei braich. 'A gwranda, Mair. Dwed wrth dy ffrind fach am beidio dy anfon di i drio 'mygwth i ac iddi hi ddeall fod Rhys *isio* cael ei ddal. Mi *fydda* i'n ennill!' Gollyngodd fraich Mair a'i gwthio oddi wrthi.

Wrth feddwl am benbleth Llio daeth rhyw nerth dros Mair i herio'r ferch arall a dywedodd, 'Mi fydd o'n siŵr o weld drwyddat ti'n hwyr neu'n hwyrach. Rhaid i mi fynd—mae gen i fws i'w ddal.' Cerddodd oddi wrthi.

Wedi eistedd yn y bws dechreuodd Mair grynu drwyddi. Meddyliodd am eiriau Gwawr. 'Mi fydda i'n ennill . . . ' Roeddynt yn adlais o eiriau'r ysbryd, yn ôl Llio. Y broblem rŵan oedd penderfynu a oedd hi am ddweud wrth Llio ai peidio.

Wrth deithio i'r dref i weld y cofrestrydd fore Gwener penderfynodd Mair beidio â dweud wrth Llio am ei sgwrs efo Gwawr. Ni fyddai ond yn cynhyrfu ac fe gryfheid ei hobsesiwn. Wedi'r cwbl, dim ond cyd-ddigwyddiad oedd yr hyn a ddywedodd Gwawr.

Roedd Llio'n eithaf tawedog.

'Be sy?' holodd Mair.

'Dim byd mawr,' atebodd Llio. 'Wedi cael ffrae hefo Mam . . . mi fydd popeth yn iawn heno.'

'Ffrae am be?' gofynnodd Mair.

'O achos 'mod i'n mynd i'r dre i weithio ar fy mhrosiect.'

'Ddeudist ti ddim wrthi am y diwrnod o'r blaen?' torrodd Mair ar ei thraws.

'Naddo, siŵr. Poeni mae hi. Meddwl nad ydw i'n bwyta'n iawn. Gweld hyn i gyd yn mynd yn obsesiwn, medda hi.'

Roedd Mair wedi sylwi nad oedd gan Llio fawr o stumog at fwyd y dyddiau yma ac yr oedd hi'n edrych yn welw. Ni ddywedodd air.

'Mae'n amlwg dy fod ti'n cytuno hefo hi,' meddai Llio wrth weld diffyg ymateb ei ffrind.

'Wel, ydw, i raddau . . . ' atebodd Mair. 'Mi rwyt ti mor . . . wn i ddim . . . mor bell a breuddwydiol ar brydiau, ac mor ddiamynedd ar adegau eraill . . . A ro'n i wedi sylwi nad wyt ti'n bwyta llawer.'

'Ond *fedra* i ddim! Fedra i ddim bwyta, ddim cysgu a fedra i ddim meddwl am ddim arall . . . yn anffodus. Fedra i ddim deall pam mae ysbryd Annette Wesley yn fy mhoenydio i . . . methu deall cysylltiad Gwawr a methu deall agwedd Rhys . . . '

'Wyt ti'n siŵr ei bod hi yno?' gofynnodd Mair. 'Wyt ti'n siŵr mai nid yn dy feddwl di mae hi? Mae breuddwydio mor real yn aml.'

'O Mair!' Edrychodd Llio yn drist ar ei ffrind. 'Dwyt ti ddim yn deall fy mod i wedi holi fy hun drosodd a throsodd? Dwyt ti ddim yn deall y baswn i'n rhoi *unrhyw* beth i ddarganfod mai rhith yw hyn i gyd! Rydw i'n addo i mi fy hun wrth godi bob bore 'mod i'n mynd i roi'r gorau i'r gwaith 'ma, anghofio amdano fo a dechrau prosiect arall . . . Ond na. Mae *hi* yna—yn gafael yndda i. Mae hi hefo fi drwy'r amser, yn fy mhigo i, fy sbeitio i. Rydw i'n ei gweld hi yn Gwawr, yn ei hystum hi ac ym mhopeth mae hi'n ei wneud—ei gweld hi'n dwyn Rhys oddi arna i.'

Daeth geiriau Gwawr i feddwl Mair a sylweddolodd o'r diwedd fod yn rhaid iddi dderbyn yn gyfan gwbl yr hyn yr oedd ei ffrind yn ei ddweud.

'Ond *pam*, Llio?'

'Wn i ddim. Dyna pam mae'n rhaid i mi fynd ymlaen. Dw i wedi dweud wrthat ti o'r blaen. Cha i ddim heddwch nes do' i o hyd i'r gwir.'

'O, Llio! Mae arna i ofn,' cyfaddefodd Mair. 'Biti ar y diawl i'r Miss Price 'na fynd â ni i'r fynwent yn y lle cynta!'

'Ia, yntê?' meddai Llio, am unwaith yn llwyr gytuno â'i ffrind.

Wedi eu cyflwyno'u hunain i Mr Roberts y cofrestrydd rhoddodd Llio amlinelliad o'r hyn yr oedd hi'n ei wybod yn barod. Roedd yr enwau a'r dyddiadau ganddi ar bapur.

'Mi a' i i chwilio am y tystysgrifau marwolaeth yn gyntaf er mwyn i ni gael gweithio'n ôl gan na wyddom gyfenw Annette cyn iddi hi briodi,' meddai Mr Roberts. 'Esgusodwch fi. Mi geisia i beidio â bod yn hir.'

Cerddodd at y drws ym mhen pella'r ystafell ac aeth i fyny'r grisiau y tu draw iddo. Ymhen prin ddeng munud yr oedd yn ei ôl.

'Wel dyna lwc,' meddai. 'Mi ddois i o hyd i'r rheina heb fawr o drafferth, fel pe bai rhywun yn gwybod 'mod i'n chwilio amdanyn nhw.' Parodd ei eiriau i Llio a Mair edrych ar ei gilydd. 'Rŵan, dewch i mi gael gweld.'

Gosododd Mr Roberts lyfr mawr trwchus ar

y bwrdd o'u blaenau a'i agor tua hanner ffordd drwyddo.

'Mae'r rhain yn ddiddorol, fel y gwelwch chi,' meddai Mr Roberts. 'Dyma un y wraig yn gyntaf. Rydan ni'n gwybod y dyddiad yn barod, y cyfeiriad a'r oed.'

Roedd y rhain yn union yr un fath â'r hyn a gafwyd ar y bedd. Yna sylwodd Llio ar y golofn ac iddi'r pennawd 'achos marwolaeth'. Dim ond un o'r geiriau a dynnodd sylw Llio— 'Suicide'. Mae'n rhaid ei bod hi wedi darllen y gair yn uchel.

'Ie, hunanladdiad—torri ei harddyrnau,' ychwanegodd Mr Roberts gan ddarllen gweddill yr wybodaeth yn y golofn.

'Yn anffodus,' meddai, yn hollol anymwybodol o'r sioc a gafodd Llio, 'dydy tystysgrifau Seisnig a Chymreig ddim yn nodi enwau rhieni fel y mae rhai Albanaidd, ond y mae tystysgrifau priodas. Dim ond gobeithio y down ni o hyd i honno.'

Wrth weld penbleth y ddwy ferch yn blaen ar eu hwynebau, ychwanegodd Mr Roberts eto:

'O, mae'n ddrwg gen i, ferched. Gadewch i mi egluro. Yn fwy na thebyg, fydd 'na ddim tystysgrif geni i'r ddau yma gan eu bod wedi eu geni cyn 1837.' Edrychodd ar y papur gyda'r wybodaeth arno. 'George Wesley yn 1823 ac Annette yn 1828. Wnaeth Cofrestru Sifil ddim dechrau tan y flwyddyn 1837 ond rydw i'n siŵr y down ni o hyd i ddigon o wybodaeth i'ch pwrpas chi.'

'A George?' holodd Llio, yn amlwg eisiau brysio ymlaen.

'Edrychwch,' meddai Mr Roberts. 'Mae hwn yn ddiddorol iawn.'

Trodd i dudalen lle'r oedd dwy dystysgrif. Copi eithaf gwael oedd un ohonynt, yn llai na'r llall ac mewn iaith ddieithr. Pwyntiodd at y golofn lle nodwyd y man y bu'r person farw:

'Snake Island, Calabar, Africa'.

'Dyna'r rheswm am yr ail dystysgrif. Er ei fod wedi marw yn Affrica byddai'n rhaid i'w farwolaeth gael ei chofrestru yn y wlad yma, gan ei fod yn dal i breswylio yma, mae'n debyg,' eglurodd Mr Roberts.

Roedd Llio'n gwneud nodyn o'r ffeithiau yma i gyd.

'Edrychwch eto,' meddai Mr Roberts, gan bwyntio at y golofn lle rhoddwyd y rheswm am farwolaeth George.

'Gorffwylltra!' ebychodd.

'Wedi mynd o'i go!' ebychodd Mair.

Ni ddywedodd Llio air.

'Ond hyn sydd fwyaf diddorol,' meddai Mr Roberts, a dechreuodd ddarllen yn uchel ôl-nodyn Saesneg ar waelod y dystysgrif:

'The body of George Wesley does not lie with that of his wife. His body is interred at Snake Island, Calabar, West Coast of Africa.'

Dyna'r gair a oedd ar goll ar y garreg fedd? meddyliodd Llio.

'Interred. Be ydy hynny, dwedwch?' meddai Mair cyn i Llio orfod dangos ei hanwybodaeth.

'Wedi ei gladdu, 'mechan i. Mor syml â hynny. Dydy corff y gŵr ddim yn y bedd.'

Ni ddywedodd yr un ohonynt air.

'Wel, y cyfan sy arnom ni ei isio rŵan ydy'r dystysgrif briodas,' meddai Mr Roberts. 'Does gennym ni ddim dyddiad, felly bydd yn rhaid i mi chwilio ynghanôl tystysgrifau y chwarter canrif cyn ac ar ôl y dyddiad tebygol. Dewch i ni weld . . . '

Caeodd ei lygaid am ennyd tra oedd o'n meddwl.

'Mi ddwedwn ni fod Annette yn ddeunaw yn priodi. Byddai hyn yn dod â ni at tua 1846. Mi ddechreua i yn y fan honno.'

Eglurodd Mr Roberts y byddai hyn yn debygol o gymryd ychydig mwy o amser na dod o hyd i'r tystysgrifau marwolaeth, ac aeth allan drwy'r drws ym mhen pella'r ystafell unwaith eto.

Tawedog iawn oedd y ddwy ferch wedi iddo fynd. Roedd y ddwy ar goll yn eu meddyliau.

Dychwelodd Mr Roberts yn weddol sydyn a llyfr trwchus arall yn ei freichiau.

'Wel wir,' meddai wrth osod hwn ar y bwrdd eto. 'Ddois i erioed o hyd i wybodaeth mor handi! Rydan ni'n lwcus iawn heddiw, ferched. 1847 oedd y flwyddyn. Mis Mawrth, y pumed ar hugain.'

Agorodd y dudalen briodol.

'Dyma ni. Drychwch! Yn eglwys Llanrhodyn y daru nhw briodi.'

Ni roddwyd oedran y ddau ar y dystysgrif, dim ond y geiriau 'Of full age' yn ôl arfer y tystysgrifau cynnar.

Rhoddwyd eu safle fel llanc a merch ddibriod, a'i alwedigaeth o fel 'Sea Master'. Ni chafwyd dim yn y golofn yma gyferbyn ag enw Annette.

'Rŵan, dyma sy'n ddiddorol,' meddai Mr Roberts gan bwyntio at enwau'r ddau dad.

John Thomas Wesley oedd tad George; 'boat builder' wrth ei broffesiwn. Charles Stanton Grey oedd tad Annette—'landowner'.

'Dyn urddasol pwysig oedd hwn,' meddai Mr Roberts, 'yn berchen llawer iawn o dir. Rydw i wedi darllen ychydig o'i hanes—wel, cyfeiriadau ato a dweud y gwir. Bydd hyn o help mawr i chi.'

'Pam felly?' holodd Llio.

'Wel, roedd hynt a helynt y byddigions yn ddiddorol i bawb a byddai sôn amdanyn nhw yn siŵr o fod ym mhapurau newydd y cyfnod. Y peth nesaf i'w wneud fydd mynd yn ôl at Eurwyn Puw i geisio cael golwg ar y rheini.'

Caeodd y llyfr wedi i Llio orffen cymryd nodiadau.

'Wel dyna ni, ferched. Dyna'r oll fedra i wneud i chi nawr.'

'Diolch o galon,' meddai Llio, 'rydych chi wedi bod o help mawr.'

'Do wir, diolch,' ategodd Mair.

'Croeso,' meddai Mr Roberts. 'A chofiwch adael i mi wybod diwedd y stori.'

'Diolch unwaith eto,' meddai Llio wrth i'r ddwy ohonynt ymadael, yn falch iawn eu bod o'r diwedd yn darganfod rhyw wybodaeth.

* * * * * *

Pan gododd Gwawr yn eithaf cynnar fore Gwener roedd ei mam yn siarad ar y ffôn. Trefnu manylion ar gyfer y parti ar y cwch newydd, *Tamara,* yr oedd hi. Eisteddodd Gwawr wrth y bwrdd brecwast gan ddisgwyl iddi orffen. Pan roddodd Anest Daniels y derbyn-nydd yn ei grud gofynnodd ei merch yn syth,

'Ydych chi'n cofio fi'n sôn am Rhys yn ein dosbarth ni?'

'O ia,' meddai ei mam yn gellweirus. 'Yr un rwyt ti'n ei ffansïo?'

'Wel, ia, a dweud y gwir,' atebodd Gwawr gan wrido.

'Be amdano fo felly?' holodd ei mam.

'Wel, dw i wedi rhyw sôn wrtho fo y caiff o ddŵad i'r parti. Ydy hynny'n iawn?'

'Wel ydy siŵr,' atebodd ei mam. 'Mi dd'wedodd dy dad wrthat ti am ofyn i rywun ddŵad.'

'O grêt! Mi a' i i'w ffonio fo rŵan. Mi ddefnyddia i y ffôn i fyny'r grisiau.'

'O'r gorau,' meddai ei mam. 'Rydw i'n edrych ymlaen at gael ei weld!' gwaeddodd ar ôl ei merch wrth i honno lamu i fyny'r grisiau.

Eisteddodd Gwawr ar y gwely a'r ffôn wrth ei hochr ar y bwrdd bach. Edrychodd arni ei hun yn y drych gyferbyn a gwenodd. Dychmygai ymateb Rhys pan glywai ei llais. Gwyddai ei bod yn llwyddo i'w gynhyrfu a'i ddenu a rhoddai hynny foddhad mawr iddi. Rhywbeth sydyn oedd yr atyniad yma tuag at Rhys, bron dros nos. Roedd hi wedi sylwi ei fod yn olygus ac yn awr yr oedd hi ar dân i'w gael yn gariad iddi. Defnyddiai bob ffordd bosib—ei llais, ei hawgrymiadau a'i chorff; ac roedd pob ymateb ganddo o'i phlaid, fel pe bai gam yn nes at ei feddiannu.

Atebodd Rhys y ffôn bron yn syth.

'Helô, Llanrhodyn 257.'

'Rhys? Gwawr sy 'ma.' Roedd ei llais yn isel, yn rhywiol ac yn llawn addewid.

'O helô. Sut wyt ti?' Llais crynedig, nerfus, ansicr.

'Mi faswn i'n well petawn i yr ochr arall i'r ffôn.' Gwenodd Gwawr wrthi ei hun. Bron na allai glywed ei galon yn curo. 'Be wyt ti'n wneud?' gofynnodd iddo.

'Gwaith cartref Mathemateg. A ti?'

'Meddwl amdanat ti. Dyna pam dw i'n ffonio.'

Chwarddodd Rhys, yn amlwg wedi ei blesio ond heb syniad beth i'w ddweud nesaf.

'O, neis iawn.' Sylw plentynnaidd un wedi ei gynhyrfu.

'Wyt ti'n cofio ni'n cyfarfod y dydd o'r blaen

y tu ôl i'r sied beics?'

'Ydw,' atebodd yntau. Fel taswn i'n gallu anghofio, meddyliodd.

'Mi soniais i am y parti, yn do?'

'Do, os ydw i'n cofio.'

'Wel, nos fory mae o,' meddai Gwawr, 'a dw i'n ffonio i dy wahodd di'n swyddogol.'

'Grêt!' atebodd Rhys heb oedi dim. 'Mi fydda i'n siŵr o ddod.'

'Da iawn,' meddai Gwawr. 'Mi wna i'n siŵr y byddi di'n mwynhau dy hun . . . ' Gadawodd ei brawddeg yn benagored awgrymog.

'Iawn . . . mi edrycha i ymlaen.'

'Tyrd erbyn wyth,' meddai Gwawr. 'I'r harbwr, mi fyddi di'n siŵr o ddod o hyd i ni. Mi gei di dacsi adre.'

'Oes isio i mi ddod â rhywbeth efo mi?' gofynnodd Rhys.

Chwarddodd Gwawr yn isel gan feddwl am amryw o atebion.

'Nac oes,' meddai. 'Bydd popeth wyt ti ei eisiau ar fwrdd y cwch. Hwyl, wela i di nos fory.'

Gosododd y derbynnydd yn ei le heb ddisgwyl ateb. Gwenodd arni ei hun unwaith eto yn y drych, gan ymfalchïo yn awr yn ei hymddangosiad. Roedd gwrid yn ei hwyneb, rhyw fflach yn ei llygaid a chanmolodd ei hun yn ddistaw ar ei pherfformiad. Ni feddyliodd erioed y byddai cystal ar y gêm o'i ddenu. Gwyddai y gwnâi Rhys unrhyw beth y gofynnai iddo'i wneud, unrhyw beth. Dechreuodd chwerthin yn uchel, filain gan daflu ei phen yn ôl, ei gwallt yn chwifio dros ei hysgwyddau. Edrychai ymlaen at gael gweld gwep Llio Haf pan sylweddolai honno fod Rhys wedi ei thaflu o'r neilltu. Byddai'r parti nos yfory yn coroni'r cwbl.

Pan gerddodd Rhys drwodd i'r gegin wedi derbyn yr alwad ffôn, roedd o'n wên o glust i glust.

'Dw i'n mynd allan nos fory,' meddai wrth ei fam. 'I barti . . . '

'Hei, aros funud,' atebodd hithau. 'Rwyt ti'n gofyn yn gyntaf.'

'O, Mam *plîs*. Mae'n *rhaid* i mi gael mynd.'

'Parti pwy ydy o felly?'

'Parti rhieni Gwawr Daniels, ar eu cwch newydd yn yr harbwr.'

'Bobol bach!' ebychodd ei fam. 'Be nesa! Ydy Llio'n mynd hefo ti?'

Gwridodd Rhys a dechreuodd chwarae efo'r afalau yn y bowlen ffrwythau ar y bwrdd.

'Nac ydy,' atebodd yn ddistaw.

'O?' meddai ei fam gan synhwyro ei anniddigrwydd. 'Gwestai Gwawr fyddi di felly?'

'Ia.'

'Ydy Llio'n gwybod?' holodd ei fam eto.

'Wn i ddim.' Ceisiodd Rhys swnio'n ddihidio, ond wrth weld edrychiad ei fam, ychwanegodd, 'Dydw i ddim yn meddwl.'

'Mi fydd yn rhaid i ti ddeud wrthi hi felly.'

'Bydd, debyg. Dydw i ddim yn meddwl y bydda i'n gweld llawer o Llio eto, Mam.'

'Wel, ti sy'n gwybod, Rhys. Ond cofia di dy fod ti'n deud wrthi hi. Mae hi'n ferch fach rhy hoffus i ti chwarae o gwmpas hefo hi. Rydw i wedi clywed fod y Gwawr 'na'n eitha gwyllt.'

'O Mam! *Straeon* ydyn nhw. Mae hi'n hwyliog—dyna i gyd.'

'O, felly.' Nid edrychai ei fam yn rhy hapus.

'Wel, ga i fynd?'

'Os bydd dy dad yn cytuno.'

'O grêt. Mi gaiff Dad fynd â fi ac mi fyddan nhw'n trefnu tacsi adre i mi. Mi fydda i'n siŵr o gael amser da.'

Cychwynnodd allan o'r gegin yn hapus braf ac meddai ei fam, 'O Rhys . . . mi gei di dacsi yno a mi ddaw dy dad i dy nôl di'.

Gwelodd Rhys nad oedd wiw iddo anghytuno rhag ofn iddi newid ei meddwl a dweud na châi o fynd o gwbl.

PENNOD 7

PENDERFYNODD Llio y byddai hi'n mynd yn syth i'r llyfrgell i geisio cael golwg ar y papurau newydd wedi iddynt ymadael â Mr Roberts, y cofrestrydd.

'Wyt ti'n siŵr dy fod ti eisiau mynd ati heddiw?' gofynnodd Mair.

'Ydw, siŵr iawn,' meddai Llio. 'Dw i ar dân eisiau darganfod mwy, a chan ein bod ni yn y dref . . . wel . . . '

'O, o'r gorau,' torrodd Mair ar ei thraws. 'Mi ddo' i efo ti am ychydig, ond bydd yn rhaid i mi fod adref erbyn hanner awr wedi pedwar. Mae gen i wers biano.'

Yn y llyfrgell dangosodd Mr Puw iddynt yr ystafell lle cedwid ôl-rifynnau y papurau newydd lleol a sut roedd y system ffeilio yn gweithio. Awgrymodd iddynt ddechrau o gwmpas blwyddyn geni Annette gan fod ei theulu'n adnabyddus.

Bu'r ddwy wrthi'n chwilio drwy'r papurau am oddeutu chwarter awr cyn dod o hyd i unrhyw gyfeiriad o gwbl at deulu Stanton Grey. Yna daethant at baragraff bychan yn sôn am Charles Stanton Grey yn prynu darn o dir gyda'r bwriad o adeiladu melin arno. Yn nes ymlaen cafwyd cyfeiriad at Mrs Stanton Grey yn ymweld ag ysbyty plant mewn tref gyfagos. Roedd hi'n amlwg o'r adroddiadau fod teulu Stanton Grey yn uchel eu parch, ond er mawr siom i Llio, doedd dim sôn am eu merch. Cawsant hyd i fwy o adroddiadau am y tad—yn cyflogi gweithwyr newydd yn ei felin; ei geffyl yn ennill ras yn Lloegr, a phytiau eraill a oedd yn ddibwys i Llio.

Yna mewn rhifyn o Ionawr 1846, cafwyd y cyfeiriad cyntaf at Annette. Adroddiad am ddawns uchel-ael yn y cartref ydoedd, i anrhydeddu unig blentyn y teulu, sef eu merch Annette. Gwnaeth Llio nodyn o'r adroddiad yma. Roedd ynddo ddisgrifiad o'r ddawns, y wledd ac o wisg Annette.

'O, mae hyn yn wych!' ebychodd Llio. 'Prawf ei bod wedi bod yn berson o gig a gwaed, yn hytrach nag enw ar garreg fedd.'

'Ia, debyg,' atebodd Mair, heb deimlo llawn mor frwdfrydig â Llio. 'Faint o'r gloch ydy hi?'

'Pum munud ar hugain wedi tri,' meddai Llio.

'O Llio,' meddai Mair. 'Mae'n rhaid i mi fynd i ddal y bws neu mi fydda i'n hwyr i 'ngwers biano, a dw i bron â llwgu eisiau bwyd.' Sylweddolodd nad oeddynt wedi cael cinio, er nad oedd hyn yn poeni Llio o gwbl.

'O'r gorau,' atebodd Llio, ei meddwl ar y

papurau newydd.

'Ddoi di efo mi?' gofynnodd Mair.

'Na ddo' i. Dw i am orffen mynd drwy'r rhain.'

'Dwyt ti ddim yn meindio?'

'Nac ydw, siŵr,' meddai Llio'n bendant. 'Dim ond i ti wneud ffafr â mi.'

'Be felly?'

'Mynd i ddweud wrth Mam, ar dy ffordd, y bydda i'n hwyr.'

'O'r gorau. Fyddi di'n iawn?' gofynnodd Mair eto.

'Bydda, siŵr. Dos yn dy flaen neu mi golli di'r bws!'

'Hwyl 'ta.' Edrychodd Mair yn boenus ar ei ffrind. 'Ffonia fi pan ddoi di adra.'

'O'r gorau. Hwyl!'

Caeodd Mair y drws ar ei hôl a safodd Llio'n stond am funud yn edrych o gwmpas yr ystafell hirgul. Doedd dim ffenestri ynddi a theimlai'n drymaidd. Trodd yn ôl at y papurau. Gwibiodd drwyddynt yn awr nes cyrraedd rhifyn wythnos olaf mis Mawrth 1847. Roedd hi wedi edrych ymlaen at gyrraedd hwn. Gobeithiai y byddai adroddiad helaeth ynddo. Trodd y tudalennau nes dod at yr adroddiad ar y bedwaredd dudalen. Adroddiad helaeth o briodas Annette Stanton Grey a hefyd llun o'r pâr priod a'u gwesteion.

'Wel dyna lwcus!' meddai yn uchel. Plygodd yn nes i'w weld yn iawn ac yna teimlodd fel pe bai ei chalon wedi peidio â churo. Roedd ei gwddf ynghau a theimlai yn oer drosti.

A oedd hi'n gweld yn glir? Ai rhith oedd hyn?

Trodd y papur tuag at y golau a'i astudio'n fanylach. Gwelodd wyneb George Wesley yn glir. Ei wyneb golygus gwallt tywyll a'i farf a'i fwstas; ac wrth ei ochr ei briodferch, Annette Wesley brydferth. Annette hardd bryd golau! Doedd dim dwywaith amdani. Pryd golau oedd y ferch yn y darlun.

Roedd Llio mewn mwy o benbleth fyth yn awr. Beth oedd ystyr hyn i gyd? Pwy oedd y ferch bryd tywyll? Beth oedd ei chysylltiad ag Annette? Teimlai Llio nad oedd ynddi nerth o gwbl ac eisteddodd i lawr. Gofidiai fod Mair wedi mynd. Roedd hi mor unig.

Dechreuodd ddarllen yr adroddiad ac yna fe wireddwyd ei hamheuaeth. Rhoddwyd disgrifiad blodeuog o Annette yn ei gwisg briodas a dywedwyd bod haul y bore wedi tywynnu ar ei modrwy ac ar ei gwallt euraid. Darllenodd ymhellach a chafwyd disgrifiad o George fel capten llong abl, yn mynd ar fordeithiau pell o Lerpwl. Roeddynt i ymgartrefu mewn tŷ braf ar gyrion y pentref.

Roedd Llio wedi blino'n llwyr ond ni allai roi i fyny yn awr. Parhaodd i edrych drwy'r papurau er ei bod yn teimlo cur mawr yn ei phen. Darganfu gyfeiriadau pellach at Charles Stanton Grey; at barti ffarwél i George pan aeth ar un o'i fordeithiau; ac at enedigaeth pob un o blant Annette a George—pump ohonynt i gyd.

Yn sydyn teimlodd Llio yn oer drosti a chwythodd rhyw wynt rhyfedd drwy'r ystafell gan droi rhai o dudalennau'r papur. Edrychodd o'i blaen a gwelodd fod y papur ar agor yng nghanol Medi 1862. Ar ben y tudalen ar yr ochr dde cafwyd adroddiad am farwolaeth Annette. Ni ddywedwyd yn blaen mai hunanladdiad ydoedd ond yr oedd yr awgrym yn gryf. Dywedwyd pa mor ddewr yr oedd hi a hithau wedi magu ei phlant a'i gŵr i ffwrdd gymaint ar y môr; a pha mor ddwfn fu ei hiraeth amdano. Nid oedd yr adroddiad yn un helaeth.

Trodd Llio yn frysiog at rifynnau Mai 1868 a bu'n hir iawn cyn dod o hyd i'r adroddiad am farwolaeth George. Pwt bychan iawn ydoedd yn nodi fod Capten George Wesley wedi marw ymhell o gartref ar ynys yn Affrica, a'i fod yn ŵr i'r ddiweddar Annette Wesley (Stanton Grey). Nid oedd sôn am ei blant.

'Wel dyna ni,' meddai Llio wrthi ei hun.

Roedd hi wedi cael cryn dipyn o wybodaeth am Annette ond dim llawer am George a theimlai mai gydag ef yr oedd yr atebion i'r dirgelwch.

Yn sydyn clywodd sŵn. Caeodd y papur o'i blaen yn ei rwymyn a gwrandawodd yn astud. Sŵn sisial ysgafn. Sŵn rhywun yn cerdded. Sŵn sidan. Sŵn gwisg hir sidan a lês. O na!

griddfanai enaid Llio, ddim eto, ddim yn y fan yma. Estynnodd am ei chôt a rhedodd am y drws. Rhaid oedd iddi ddianc y tro hwn; ni allai ei hwynebu eto. Deuai'r sŵn yn nes ac yn nes. Gafaelodd yn nwrn y drws a thynnodd yn gadarn. Ni allai ei agor. Tynnodd eto, i ddim diben. Roedd o ar glo, ond doedd dim allwedd yno. Dechreuodd ei ysgwyd, ond yr oedd yn ddi-ildio. Trodd ac yna fe'i gwelodd. Roedd hi'n cerdded tuag ati. Yr un dillad amdani. Yr un graith erchyll ar ei hwyneb ac yna yr un chwerthiniad hunllefus.

Teimlai Llio ei thu mewn yn rhwygo gan ofn, y chwerthiniad fel pe bai tôn ei llais yn crafu'i hymennydd.

Mae'n rhaid i mi fynd o 'ma! gwaeddodd Llio arni hi ei hun yn ei meddwl. Mi fydd hi wedi 'ngyrru i'n orffwyll. Alla i ddim dioddef ei llais!

Parhaodd i ysgwyd y drws a'i ddyrnu erbyn hyn. Roedd y ferch wedi aros yng nghanol y llawr ac yn dal i chwerthin, ei phen yn ôl, y graith yn goch.

'Fi piau fo!' meddai hi yng nghanol ei sgrech-iadau. Yr un geiriau eto.

Roedd Llio yn bendant nawr ei bod am ei niweidio.

'Plîs helpwch fi!' gwaeddodd Llio. 'Plîs, plîs helpwch fi!'

Yn sydyn agorodd y drws a syrthiodd Llio i freichiau Eurwyn Puw.

'Llio fach, beth sy'n bod?' gofynnodd wedi dychryn o weld y fath olwg ar y ferch.

Roedd Llio wedi dechrau crio ac ni allai ateb. Gafaelodd Eurwyn Puw yn ei bag a'i chôt a thywysodd hi allan o'r stafell.

'Ar fin mynd adref roeddwn i,' eglurodd, 'pan gofiais amdanoch chi. Mi ddois i yma i weld a oeddech chi wedi mynd ai peidio.' Cerddodd y ddau yn awr at ystafell Mr Puw. Aethant i mewn ac arweiniodd Eurwyn Puw Llio at y gadair wrth ei ddesg. Peidiodd ei dagrau ac edrychodd ar y cloc. Deng munud i chwech.

'Ble'r aeth eich ffrind?' gofynnodd Mr Puw.

'Roedd rhaid iddi hi fynd am ei gwers biano,' eglurodd Llio.

'Beth ddigwyddodd, Llio?' gofynnodd Mr Puw wedyn, pan welodd fod Llio'n dechrau dod ati'i hun.

'Roedd y drws ar glo,' eglurodd Llio gan ddechrau crynu drosti.

Nid atebodd Mr Puw ond parhaodd i edrych ar y ferch. Roedd hi'n welw a'i llygaid fel pe baent wedi suddo i'w phen.

'Ffoniwch eich rhieni, Llio,' meddai Mr Puw yn gadarn, 'i egluro iddynt fy mod i am eich danfon adre.'

Ufuddhaodd Llio a chafodd Eurwyn Puw air â'i mam i gadarnhau'r trefniant.

Wedi gosod y derbynnydd yn ei grud, meddai Eurwyn Puw, 'Doedd y drws ddim ar glo,

Llio'.

Ni ddywedodd Llio air am ychydig eiliadau, dim ond edrych i fyw llygaid y gŵr a eisteddai gyferbyn â hi. Penderfynodd y gallai'n hawdd ymddiried ynddo a gofynnodd:

'Ydych chi'n credu mewn ysbrydion?'

Adroddodd Llio yr hanes o'r dechrau wrtho a gallai weld arno wedi iddi hi orffen na wyddai yn iawn beth i'w ddweud.

'Rydych chi'n siŵr nad breuddwyd ydy'r ferch yma?'

'Doeddwn i ddim yn cysgu yn gynharach, yn nac oeddwn?' atebodd Llio.

'Nac oeddech. Ond mae breuddwyd yn beth rhyfedd, cofiwch. Mae gweledigaeth weithiau yn fath o freuddwyd.'

'Dydach chithau ddim yn fy nghredu i chwaith,' meddai Llio yn ddistaw.

'Nid dyna rydw i'n ei ddweud, Llio. Mae hi'n anodd i rywun nad ydy o erioed wedi cael y profiad i ddirnad y peth. Ond beth bynnag yr ydach chi'n ei weld, Llio, mae o'n amlwg yn effeithio arnoch chi.'

Ni ddywedodd Llio air.

'Llio,' meddai Eurwyn Puw yn dyner, 'mi faswn i'n eich cynghori chi i anghofio am hyn . . .'

'Ond *alla* i ddim! Dydach chi ddim yn deall. Yr unig ffordd y ca i wared o'r ferch yma, o'r ddrychiolaeth neu beth bynnag ydy hi, ydy wrth ddarganfod y gwir.'

Clywodd Eurwyn Puw y pendantrwydd yn ei llais.

'Ro'n i'n meddwl y basech chi yn fy helpu i,' meddai Llio.

Dechreuodd Llio grio unwaith eto. Teimlodd Eurwyn Puw drueni drosti. Roedd beth bynnag yr oedd hi'n ei weld, neu'n meddwl ei bod yn ei weld, yn ei thynnu'n gareiau.

'Mi sonioch chi am Rhys a Gwawr,' meddai Mr Puw.

'Do,' atebodd Llio. 'Fy nghariad . . . wel, math o gariad,' ychwanegodd gan gofio ymddygiad diweddar Rhys. 'Merch yn fy nosbarth i ydy Gwawr. Hi oedd yr un hefo fi wrth y bedd yn y lle cyntaf. Dydw i ddim yn ei hoffi hi o gwbl. Ro'n i'n meddwl rywfodd fod ysbryd y ferch 'ma, Annette, yn Gwawr . . . Ond nawr, wel, nid Annette ydy hi o gwbl. Pryd golau oedd Annette Wesley.'

'Ac ysbryd George yn Rhys,' meddai Mr Puw.

'Ie,' atebodd Llio.

Teimlodd Eurwyn Puw ias oer yn rhedeg i lawr asgwrn ei gefn.

Ynot ti mae ysbryd Annette! meddyliodd, ond ni ddywedodd air. Ysgydwodd ei ben i geisio cael gwared â'i feddyliau. Na, roedd y peth yn rhy anhygoel, ac os hynny, pwy oedd y ferch a ymddangosai i Llio? Gwelai nad oedd Llio yn dilyn yr un trywydd ag ef a gobeithiai na wnâi hynny. Byddai damcaniaeth o'r fath yn siŵr o ychwanegu at ei phroblemau.

'O'r gorau, Llio,' meddai. 'Mi geisia i'ch helpu chi ymhellach.'

Awgrymodd y dylai Llio fynd i Lerpwl i chwilio am hanes George a'i yrfa ar y môr. Byddai papurau fel y *Liverpool Mercury* yn adrodd hanesion ynglŷn â'r llongau yn aml. Fe ddeuai o hyd i'r rhain yn yr archifdy, mae'n debyg. Wedi rhoi un neu ddau o gyfarwydd-iadau iddi, cychwynnodd y ddau am gartref Llio. Roedd Llio yn falch erbyn hyn o gael mynd adref gan ei bod wedi blino'n llwyr.

Eglurodd Eurwyn Puw wrth ei rhieni ei fod wedi bod yn helpu Llio ac awgrymodd eto ei bod yn mynd i Lerpwl. Ni soniodd o gwbl am yr hyn oedd wedi digwydd yn y llyfrgell nac am yr hyn yr oedd Llio wedi ei adrodd wrtho. Cytunodd tad Llio yn syth i fynd â'r ferch i Lerpwl a cheisiodd annog ei wraig i fynd gyda hwy. Gallai Eurwyn Puw weld yn glir fod y fam yn anniddig ynglŷn â'r holl beth, a'i bod yn boenus iawn ynghylch ei merch.

Ffarweliodd Eurwyn Puw â hwy gan siarsio Llio i gadw mewn cysylltiad.

Wedi iddo fynd, meddai Llio, 'Dw i am fynd am fy ngwely yn syth'.

'Heb gael rhywbeth i'w fwyta?' holodd ei mam.

'Dydw i ddim yn teimlo'n llwglyd, a rydw i wedi blino'n ofnadwy,' atebodd Llio.

'O'r gorau,' meddai ei mam.

'Mi ffonia i Mair ar fy ffordd i fyny, i ddweud 'mod i wedi cyrraedd adre. Nos da.'

'Nos da, cariad,' galwodd ei thad o'i sedd wrth y tân lle darllenai'r papur dyddiol.

Edrychodd Megan Evans ar ei gŵr wedi i Llio fynd o'r golwg, yn barod i drafod ei phoen ynglŷn â'i merch; ond gwelodd ei fod ef ar goll ym myd y bêl.

PENNOD 8

CODODD Llio yn fore wedi noson o droi a throsi.
Penderfynodd fynd i'weld Rhys. Gwyddai nad
oedd yn codi'n fuan iawn ar ddydd Sadwrn,
ond ni allai ddisgwyl. Cychwynnodd yn syth ar
ôl brecwast.

Wrth lwc, roedd Rhys newydd godi pan
gyrhaeddodd hi, ond yn dal yn ei ddillad
nos.

'Dewch i mewn,' meddai ei fam wrth ateb y
drws. 'Ewch drwodd. Gwylio'r teledu mae
o.'

Eisteddodd Llio ar y soffa gyferbyn â Rhys.
Edrychodd arno am ychydig heb ddweud dim.
Roedd hi'n nerfus ac yr oedd ei thu mewn yn
troi. Hoffai fynd ato a'i gofleidio ond ni feidd-
iai. Cawsai'r teimlad y byddai'n tynnu oddi
wrthi.

'Dod yma am sgwrs wnes i,' meddai Llio
o'r diwedd.

'O ia,' atebodd Rhys. 'Am be felly?'

'Wel, teimlo nad ydan ni wedi cael cyfle i
sgwrsio'n iawn ers peth amser, ac yn colli
hynny,' meddai Llio yn ddistaw.

'Rydw i wedi bod yn brysur efo'r rygbi,'

eglurodd Rhys.

Gwyddai Llio nad oedd hynny'n wir.

'Fuost ti erioed yn rhy brysur o'r blaen,' atebodd hithau.

'Mae pethau'n wahanol rŵan,' meddai Rhys.

'Rhyw gyfnod ydy hwn,' meddai Llio, 'mi fydd pethau'n well ymhen tipyn . . . '

Dilynodd Rhys ei thrywydd. 'Rwyt tithau wedi bod yn brysur efo dy brosiect,' meddai'n sarrug.

'Do, mi wn i,' meddai Llio. 'Dw i eisiau siarad am hynny hefyd.'

Dechreuodd adrodd y manylion diweddaraf yr oedd hi wedi'u darganfod, ond gwelodd nad oedd Rhys yn gwrando'n astud.

'Mae 'na rywbeth mawr o'i le, Rhys,' meddai Llio, 'ac mae a wnelo fo â Gwawr.'

Cafodd sylw Rhys yn gyfan gwbl ar unwaith.

'Mae 'na ryw ddrwg ynddi hi, Rhys. Rhaid i ti gadw draw oddi wrthi hi!'

'O, paid â bod yn wirion, Llio,' meddai Rhys yn chwyrn.

'Wir i ti, Rhys. Rhaid i ti wrando arna i, *plîs!* Dydy Gwawr ddim yr hyn mae hi'n ymddangos.'

Cododd Rhys ar ei draed a meddyliodd Llio ei fod yn mynd i'w tharo.

'Dyna ddigon!' gwaeddodd Rhys. 'Rwyt ti'n llawn cenfigen, Llio. Mi wnei di ddweud unrhyw beth i wenwyno fy meddwl i.' Roedd o'n amlwg wedi gwylltio. 'Rwyt ti wedi fy siomi i. Doeddwn i ddim yn meddwl dy fod ti'n gymaint o hen ast, a'r cwbl am fy mod i'n mynd allan hefo Gwawr!'

Edrychodd Llio fel pe bai o wedi rhoi pelten iddi ar draws ei hwyneb. Sylweddolodd Rhys beth oedd o wedi ei ddweud. Aeth i eistedd yn ei hymyl a rhoddodd ei fraich am ei hysgwydd. Gallai gicio ei hun am fod mor frwnt ei dafod.

'O Llio, mae'n ddrwg gen i. Wedi gwylltio roeddwn i.'

Gwelodd oddi ar wyneb Llio nad oedd pwrpas iddo gelu'r gwir.

'Wyt ti wedi bod hefo hi felly?' gofynnodd Llio.

'Wel, naddo, ddim yn iawn—ar wahân i un gusan.'

Ceisiodd Rhys roi rhyw ysgafnder yn ei lais i guddio ei dynfa tuag at Gwawr a'r gorfoledd a deimlai o fod yn ei chwmni.

Teimlodd Llio, er gwaethaf hyn, fel pe bai Rhys wedi rhoi cyllell ynddi.

'Ond rwyt ti am fynd?'

'Ydw.' Edrychodd Rhys ar y llawr. Roedd briwsion brechdanau ar y carped ers ei swper neithiwr.

'Pryd?'

'Heno 'ma.'

Trodd y gyllell yn ddyfnach.

'O, paid â mynd, Rhys. Os wyt ti'n gwybod beth sy'n dda i ti, paid â mynd.' Ni cheisiodd Llio gelu'r ofn yn ei llais.

'Mae'n wir ddrwg gen i, Llio. Faswn i ddim yn dy frifo di am y byd.'

Roedd rhyw dinc yn ei lais yn sicrhau Llio ei fod yn dweud y gwir.

'Na faset, debyg,' meddai Llio.

'Ro'n i'n cael fy nhynnu'n ddarnau rhyngoch chi. Mae gen i feddwl mawr ohonat ti, Llio, ond ar y llaw arall . . .'

'Mae Gwawr yn ddeniadol, yn rhywiol ac yn llawn hwyl.' Gorffennodd Llio y frawddeg iddo.

Ei disgrifio i'r dim, meddyliodd Rhys.

'Ond mi fedra i newid,' meddai Llio, a rhyw her yn ei llais a fflach yn ei llygaid. 'Unwaith y ca i'r hen waith 'ma o'r ffordd mi gawn ni hwyl eto . . . Mi gawson ni hwyl, yn do, Rhys?'

Ysgydwodd Rhys ei ben mewn anobaith a gwelodd Llio nad oedd troi arno.

'Wel mi a' i felly,' meddai Llio.

'Gawn ni ddal i fod yn ffrindiau?' gofynnodd Rhys.

'Mewn amser,' atebodd Llio.

'Ia, debyg . . . Llio, mae'n wir . . .' dechreuodd Rhys ymddiheuro eto.

'Plîs paid â dweud mwy, Rhys.' Roedd Llio wedi gwrando digon ar ei ymddiheuriad.

'Hwyl i ti,' meddai Llio.

'Ia. Diolch i ti am alw.' Gallai Rhys fod wedi cicio ei hun am ddweud peth mor dwp.

Trodd Llio'n ôl wrth y drws ac meddai:

'Rhys, cofia be ddwedais i'.

Gwenodd Rhys yn llywaeth arni fel pe bai'n ceisio ei phlesio.

Roedd yn rhaid iddo gyfaddef nad edrychai'r parti ar y *Tamara* hanner mor atyniadol wedi ymweliad Llio.

Ni chriodd Llio o gwbl. Roedd hi wedi meddwl ar un adeg yn nhŷ Rhys y byddai hi'n torri i lawr ond llwyddodd i ddal ei dagrau. Wedi gadael y lle, roedd yr ysfa wedi mynd heibio gan adael casineb oer, anghyfeillgar tuag at Gwawr.

'Wel, dyna ti o'r diwedd,' meddai ei thad pan gerddodd Llio drwy'r drws.

'Pam felly?' holodd Llio yn ddi-ffrwt.

'Dw i wedi ffonio'r archifdy yn Lerpwl a maen nhw ar agor heddiw. Mi fedrwn ni gychwyn reit handi . . . '

'Rŵan?' holodd Llio.

'Wel ia. Does gynnon ni ddim byd arall i'w wneud. Rwyt ti eisiau mynd, yn does?' gofynnodd ei thad.

'Wel oes,' atebodd Llio, 'ond . . . '

'Ond be? Chym'rith hi fawr mwy na rhyw ddwyawr i ni fynd.'

'O, o'r gorau 'ta. Rhyw gur yn fy mhen sy gen i, dyna'r cwbl,' eglurodd Llio.

'Dyna ni, 'ta,' meddai ei thad. 'Mi aiff dy fam a minnau o gwmpas y siopau tra byddi di'n gweithio. Efallai y cei di roi terfyn ar y gwaith 'ma wedyn. Mae dy fam yn dweud y gwir, rwyt ti yn llwydaidd y dyddiau yma.'

Tawedog iawn oedd Llio yn ystod y daith.
Roedd ei hymweliad â Rhys yn pwyso ar ei
meddwl a doedd hi ddim yn teimlo'n dda o
gwbl. Roedd ganddi hi andros o gur yn ei phen
a theimlai ei gwddf yn sych ac ar dân.

Ymhen dim yr oeddynt yn Lerpwl ac ni fu
Hywel Evans fawr o dro yn dod o hyd i'r
archifdy. Wedi eu sicrhau y byddai'n iawn,
ymadawodd rhieni Llio â hi i gael golwg o
gwmpas y siopau gan drefnu i'w chyfarfod
ymhen dwyawr.

Roedd y ferch yn yr archifdy yn gyfeillgar ac
yn barod i helpu. Eisteddodd Llio unwaith eto
o flaen papurau newydd o'r gorffennol, ond y
tro yma y *Liverpool Mercury* oedd o dan
sylw. Ni wyddai Llio yn iawn am beth yr oedd
hi'n chwilio ond gallai deimlo yn ei bysedd fod
yr ateb yma yn rhywle. Dechreuodd bori
drwy'r rhifynnau wedi dyddiad priodas George
ac Annette.

Treuliodd gryn dipyn o amser cyn dod o hyd i
ddim o werth iddi hi ac yna tarodd ar bwt bach
yn adrodd hanes y llong *Ariana* ar fordaith i
Ynys Aruba, Gorllewin India gyda'i chapten
George Wesley wrth y llyw. Yr oeddynt i godi
cargo o ffosffad yno. Mewn rhifyn ychydig yn
ddiweddarach cafwyd adroddiad o'r *Ariana* yn
anfon y cargo i Lundain. Gallai Llio ddeall wrth
ddarllen yr adroddiadau y byddai Annette yn

unig iawn heb ei gŵr, a fyddai i ffwrdd ar y môr am fisoedd lawer ar y tro. Wrth fynd trwy'r rhifynnau gwelodd Llio bytiau yma ac acw am George Wesley. Nid oeddynt o bwys mawr, ond yr oeddynt yn ddiddorol—adrodd hanes y cargo a gariai yr *Ariana* a chyflogi morwyr newydd.

Yna mewn rhifyn o'r flwyddyn 1861 darllenodd Llio adroddiad arall yn dweud fod y llong *Ariana* wedi ei chomisiynu i gario carcharorion o Ciwba i ynys ar arfordir Affrica.

Efallai mai dyna yr oedd o'n ei wneud pan fuo fo farw, meddyliodd Llio.

Cafwyd adroddiad byr hefyd o farwolaeth Annette a oedd yn tystio fod George yn uchel ei barch ymhlith morwyr. Roedd Llio yn dechrau anobeithio erbyn hyn. Er bod yr adroddiadau yn ddiddorol nid oeddynt o werth ar gyfer yr hyn yr oedd hi'n chwilio amdano.

Trodd y tudalennau, ac yna yn annisgwyl tynnodd un o'r penawdau ei sylw.

'Shipwreck! Captain accused.'

Dechreuodd ddarllen a sylweddolodd mai adroddiad am yr *Ariana* ydoedd. Darllenodd yn frysiog drwyddo gan wybod yn syth mai dyma'r hyn yr oedd hi wedi bod yn chwilio amdano.

'O na!' meddai wrthi ei hun wrth ddarllen, 'Be ddaeth drosto fo?'

Yn ôl yr adroddiad yr oedd yr *Ariana* ar ei ffordd i'r ynys ar arfordir Affrica â'i chargo o garcharorion. Aeth y llong ar y creigiau ac fe'i drylliwyd yn ddrwg. Achubwyd y rhan fwyaf o'r criw a'r capten ond bu farw y mwyafrif o'r carcharorion gan eu bod i lawr ym mherfedd y llong. Roedd peth amheuaeth ynglŷn â'r ddamwain gan nad oedd yn stormus o gwbl ar y pryd a bod yr *Ariana* yn gyfarwydd â'r daith, wedi ei gwneud ddwywaith o'r blaen. Cyhuddwyd y Capten George Wesley o esgeulustod ac yr oedd i fynd ar brawf.

Trodd Llio ymlaen yn frysiog ac ymhen tri rhifyn arall cafwyd adroddiad o'r achos yn erbyn George Wesley. Roedd yn hanes trist iawn.

Yn ystod yr achos yr oedd George Wesley wedi sefyll o flaen ei well ac wedi cyfaddef mai ef oedd wedi achosi'r llongddrylliad. Roedd ei fywyd yn boen bellach, gan na allai beidio â'i feio ei hun am farwolaeth ei wraig. Eglurodd sut yr oedd o wedi syrthio mewn cariad ag Annette mewn dawns yn ei chartref a'u bod wedi priodi ymhen rhyw flwyddyn wedi hynny. Roedd o eisoes yn gapten llong, er ei fod yn weddol ifanc, ac yn prysur wneud enw da iddo'i hun.

Roedd popeth yn iawn ar y dechrau ac yna dechreuodd Annette gymryd yn erbyn ei alwedigaeth. Roeddynt ar wahân am fisoedd ar y tro, a hithau bellach yn magu tri o blant ar ei phen ei hun. Ar brydiau byddai ei hiraeth yn ei threchu a dioddefai o iselder ysbryd. Roedd

118

George yntau yn cael ei dynnu rhyngddi hi a'r môr, ac yn enwedig y llong yr oedd mor hoff ohoni. Cyfeiriodd Annette at yr *Ariana* fel ei 'feistres' fwy nag unwaith. Ni allai George roi'r gorau i'w alwedigaeth, a theimlai fod ei euogrwydd yn bwyta'i du mewn. Tyfodd yn bersonoliaeth chwerw o achos hyn. Wrth weld nad oedd George am ildio, hyd yn oed wedi geni dau blentyn arall iddynt, suddodd Annette yn is ac yn is ei hysbryd, ac yn y diwedd fe wnaeth amdani ei hun. Roedd George yntau fel dyn gwallgof yn ei feio ei hun, y môr a'i hoff *Ariana*. Dyna pam y llywiodd hi ar y creigiau i geisio dinistrio yr hyn y credai ef oedd wedi dinistrio ei wraig.

Cyhuddwyd George o ddynladdiad ac ar ôl tystiolaeth nad oedd yn ei lawn bwyll fe'i dedfrydwyd i dreulio gweddill ei oes ar yr ynys lle y danfonid y carcharorion: Ynys y Nadredd. Roedd rhan ohoni ar gyfer rhai gorffwyll.

Safodd Llio'n hir yn edrych ar yr adroddiad ond heb weld y geiriau. Gwelai eneth bryd golau yn dawnsio gyda'i chapten golygus, yn hapus ei byd. Teimlai hiraeth Annette am ei gŵr, hiraeth na allai ddygymod ag o, poen nad oedd ond un ffordd o ddianc oddi wrtho. Clywai sgrechiadau galarus George yn ei orffwylledd yn gymysg ag ymbiliadau truenus y carcharorion yn eu bedd o ddŵr.

Sylweddolodd Llio mai ynddi hi y gafaelai ysbryd Annette, ac ysbryd George yntau yn

Rhys. Dim ond un cwestiwn oedd ar ôl. Pwy oedd y ferch dywyll â'i chrafangau mor ddwfn yn Gwawr? Tybiai Llio ei bod bellach yn gwybod yr ateb, ond ni allai fod yn siŵr.

Wrth i Llio ymadael, cafodd sgwrs sydyn â'r ferch a fu mor barod i'w helpu pan gyrhaeddodd. Dywedodd honno fod ychydig ddarnau o'r llong *Ariana* y soniodd Llio amdani yn yr Amgueddfa Fôr. Rhoddodd gyfarwyddiadau iddi hi˚sut i fynd yno. Diolchodd Llio iddi.

Roedd hi'n teimlo'n llawer salach yn awr. Roedd y cur yn ei phen yn waeth, ei gwddf yn ddolurus a'i gwar yn boenus iawn. Roedd hi'n falch o fynd allan i'r awyr iach lle y disgwyliai ei rhieni amdani . . .

'Dim ond un ymweliad arall, ac mi fydda i wedi gorffen,' meddai ac yna dywedodd wrthynt lle'r oedd yr amgueddfa.

Roedd ei rhieni yn falch o fynd â hi yno gan y golygai hyn ddiwedd ar yr ymchwil.

'Dim ond un ymweliad arall,' meddai Llio wrthi ei hun, 'ac yna adref i orffwys. Mi fydda i'n falch o gael gorffwys.'

Wedi cyrraedd, aeth y tri ohonynt i mewn ac eglurodd Llio i'r bachgen ifanc wrth y ddesg beth oedd arni hi eisiau ei weld. Rhwng cnoi cegaid o *gum* dywedodd wrthi pa ffordd i fynd.

Teimlai Llio yn benysgafn erbyn hyn ac yn rhyw bell i ffwrdd. Bron cyn i'r bachgen roi'r cyfarwyddiadau, fe allai fod wedi dod o hyd i'r ystafell. Roedd rhywbeth yn ei thynnu yno'n awr.

'Mi ddown ni efo ti,' meddai ei thad.

Er bod ei hymennydd yn sgrechian, 'Ia, dewch efo fi, plîs! Mae arna i ofn.' Ond, 'Mi fasai'n well gen i i chi beidio,' oedd y geiriau a ynganodd.

'Wel o'r gorau,' meddai ei mam, 'ond tria beidio â bod yn hir.'

Roedd yr ystafell i lawr y grisiau. Ystafell gaeedig ydoedd a'r munud y cerddodd Llio i mewn, gwyddai ei bod hi yno. Gallai ei theimlo ym mêr ei hesgyrn. Golau gwael iawn oedd yn yr ystafell, er ei bod yn ystafell fawr. Roedd aroglau hen ynddi hefyd. Edrychodd Llio o'i chwmpas. Roedd llawer o hen greiriau yno, rhai mewn cypyrddau gwydr ac eraill wedi eu harddangos ar ganol y llawr. Cerddodd Llio yn ei blaen i ben pella'r ystafell. Roedd hi'n dywyll.

Ac yna fe'i gwelodd.

Roedd hi wedi ei gosod i fyny ar fath o biler yng nghanol y llawr. O'r ochr y gwelai Llio hi yn awr, ond doedd dim dwywaith amdani. Hon oedd y ferch. Pen ac ysgwyddau wedi eu naddu mewn pren coeth a'i beintio. Y gwallt wedi'i dynnu'n ôl a'r pen yn edrych i fyny. Roedd Llio wedi ei gweld hi fel hyn o'r blaen, wrth droed y gwely.

Aeth Llio ymlaen. Nid oedd rhaid iddi hi edrych ar y plât pres oddi tani i wybod mai addurn blaen llong yr *Ariana* oedd hon. Safodd Llio o'i blaen.

'A dyna dy graith,' meddai yn uchel wrth sylwi ar yr hollt yn y pren. 'Dyna wyt ti felly—ysbryd yr *Ariana*. Ti sy wedi meddiannu Gwawr a 'mhoenydio innau. Pam?'

Llanwodd y llais feddyliau Llio. Yr un llais ag o'r blaen ond yn gadarnach. Ceisiodd edrych o'i chwmpas i gadarnhau mai dychmygu hyn yr oedd hi.

'Fi piau fo. Fi mae o wedi ddewis . . . '

Roedd y cur yn waeth. Roedd y gweiddi yn ei phen yn ei wneud yn waeth.

'Fi sy wedi ennill . . . !'

Gafaelodd Llio yn ei phen â'i dwy law a syrthiodd i'r llawr. Roedd y llais yn dal i weiddi yr un geiriau. Ni allai Llio weld yn iawn, roedd y tu ôl i'w llygaid yn llosgi. Dechreuodd y llais chwerthin, yr un chwerthiniad hunllefus. Roedd Llio yn rhy wan i godi, ei phen yn hollti bron gan y cur annioddefol a hithau'n boeth, boeth.

'Diffoddwch y gwres mawr yma!' gwaeddodd yn uchel. Llwyddodd i edrych i fyny. Roedd pobman yn troi. Yna gwelodd y ferch eto, ei phen yn ôl, ei cheg yn agored a'r chwerthiniad yn diasbedain o gwmpas yr ystafell.

'Rhys! Rhys!' gwaeddodd Llio. 'Rhaid i ti wrando arna i!'

Roedd hi'n ymwybodol o'i rhieni wrth ei hochr.

'Rhaid i chi ddweud wrth Rhys. Gwawr!

Dwedwch am Gwawr!'

Yna suddodd Llio i ddüwch meddal, tawel.

Pan gyrhaeddodd yr ambiwlans yr ysbyty, fe ruthrwyd Llio i ystafell arbennig am brofion. Tywyswyd ei rhieni i ystafell aros. Ymhen amser hir, daeth y meddyg atynt. Eglurodd yn dyner fod Llio yn dioddef o lid yr ymennydd a'i bod yn ddifrifol wael. Ni allai'r un o'r ddau ddweud gair wedi i'r meddyg ymadael, dim ond edrych yn syth o'i blaenau.

Buont yn eistedd yno am ddwy awr ar hugain heb symud bron heblaw am bicio am ychydig funudau yma ac acw i edrych ar Llio drwy ddrws gwydr. Roeddynt yn hepian cysgu gan ddeffro o un hunllef i un arall.

Yn hwyr nos Sul daeth y meddyg atynt eto. Nid oedd yn rhaid iddo ddweud gair wrthynt. Roedd ei edrychiad tosturiol yn egluro popeth.

Roedd Llio wedi marw.

* * * * * *

Safai Mair ar y bont yn y pentref yn gwylio'r bechgyn yn chwarae pêl-droed ar y cae islaw. Er bod deufis bellach er marwolaeth Llio, doedd gan Mair ddim awydd ymhél â'r criw.

Sylwodd ar un o ferched ei dosbarth yn cerdded tuag ati, yn edrych fel pe bai ar dân eisiau dweud rhywbeth.

'Glywist ti am Gwawr?' gofynnodd y ferch.

'Naddo. Be?' atebodd Mair heb ddangos fawr o ddiddordeb.

'Wedi cael damwain.'

Tynnodd hyn sylw Mair.

'Sut felly?' holodd.

'Wel, hi a'r Rhys Pritchard 'na. Y ddau ar foto beic rhyw ffrind iddo, ac yntau'n gyrru'n syth i'r wal.'

'Ydyn nhw wedi brifo?'

'Mae o wedi torri'i goes a ma'n nhw'n deud 'i fod o wedi mynd o'i go.'

'Bobol bach, sut felly?' gofynnodd Mair, yn amlwg wedi cynhyrfu.

'Tystion a Gwawr yn deud 'i fod o wedi gyrru'r beic i'r wal yn fwriadol.'

'A hithau?'

'Wedi brifo'i hwyneb. Ma'n nhw'n deud y bydd ganddi hi graith egar am byth.'

Nid atebodd Mair. Tybiodd y ferch mai'r sioc o glywed am y ddamwain oedd y rheswm am ei gwedd welw.

'Wel, rhaid i mi fynd rŵan,' meddai'r ferch. 'Hwyl!'

'Hwyl!'

Trodd Mair yn ôl i syllu ar y cae, y dagrau yn llifo i lawr ei gruddiau.

Epilog

CYRHAEDDODD Carys Mererid Jones eglwys Llanrhodyn yn fuan yn y bore. Darlithydd Hanes oedd hi yn y Coleg Hyfforddi ac yr oedd hi wedi dod â dau o'i myfyrwyr efo hi i astudio'r eglwys a'r fynwent.

'Dyma ni,' meddai Carys wrth Gethin a Siân. 'Mi awn ni o gwmpas y fynwent i ddechrau.'

Edrychodd Carys ar y ddau wrth iddynt gerdded. Roedd Gethin yn fachgen golygus iawn; pryd tywyll—bron mor dywyll â hithau—a Siân wedyn yn hollol i'r gwrthwyneb, yn olau o bryd a gwedd. Roedd y ddau yma erbyn hyn yn fwy na dim ond ffrindiau.

Aethant o gwmpas yr eglwys gan sylwi ar y beddau yma ac acw, ac yna daethant at lecyn tawel yng ngwaelod y fynwent wrth y wal. Ymddangosai fel pe bai wedi ei gau o'r neilltu.

'Dyma'r llecyn anghysegredig fel y'i gelwid,' eglurodd Carys. 'Beddau pobl a gyflawnodd hunanladdiad sy yn y fan yma.'

Edrychodd Gethin a Siân ar yr hanner dwsin o feddau a oedd yno.

'Dyma ddiddorol,' meddai Siân gan gyfeirio

at fedd wrth ei hochr. 'Gwraig i gapten llong—Annette Wesley.'

Daeth Carys a Gethin yn nes i gael golwg ar y garreg.

'Mae cyfeiriad at y gŵr hefyd,' meddai Gethin, 'ond alla i ddim gweld beth ydy'r geiriau ar y gwaelod.'

'Dewch wir,' meddai Carys, 'dw i'n dechrau oeri.'

Wrth gerdded oddi yno, daliai Siân i edrych yn ôl ar y bedd a baglodd ar y llwybr. Roedd Gethin wrth ei hymyl mewn eiliad.

'Wyt ti'n iawn?' gofynnodd.

'Ydw,' meddai, 'ond fedra i ddim sefyll am funud. Dw i'n teimlo'n benysgafn.'

'Mi eisteddwn ni am ennyd, felly,' meddai Carys.

Wrth weld y lliw yn dychwelyd i ruddiau Siân, toc, meddai Carys,

'Dewch nawr 'te. Mi awn ni i mewn i'r eglwys.'

Digon simsan oedd cerddediad Siân i fyny'r llwybr ond ni fynnai ddweud wrth ei chariad na'r darlithydd ifanc ei bod yn dal i deimlo'n symol, yn enwedig a hwythau'n amlwg yn mwynhau sgwrs ddifyr.

'Dim ond rhyw anhwylder bach ydy o,' meddai wrthi ei hun. 'Bydd yn siŵr o fynd heibio.'

Hefyd yn y gyfres:

Jabas Penri Jones (Gwasg Dwyfor)
Cyffro Clöe Irma Chilton (Gwasg Gomer)
Pen Tymor Meinir Pierce Jones (Gwasg Gomer)
Hydref Gobeithion Mair Wynn Hughes (Gwasg Tŷ ar y Graig)
'Tydi Bywyd yn Boen! Gwenno Hywyn (Gwasg Gwynedd)
O'r Dirgel Storïau Ias ac Arswyd, gol. Irma Chilton (Gwasg Gomer)
Dydi Pethau'n Gwella Dim! Gwenno Hywyn (Gwasg Gwynedd)
Cicio Nyth Cacwn Elwyn Ashford Jones (Gwasg Carreg Gwalch)
Tecs Mary Hughes (Gwasg Gomer)
Liw Irma Chilton (Gwasg Gomer)
Mwg yn y Coed Hugh D.Jones (Gwasg Gomer/CBAC)
Iawn yn y Bôn Mari Williams (Gwasg Gomer/CBAC)
Pwy sy'n Euog? addas. John Rowlands (Gwasg Gomer)
Ciw o Fri! addas. Ieuan Griffith (Gwasg Gomer)
Cari Wyn: Ditectif y Ganrif! addas. Gwenno Hywyn (Gwasg Gwynedd)
Ses addas. Dylan Williams (Gwasg Dwyfor)
Wela i Di! addas. Elin Dalis (Gwasg Gomer)
Ar Agor fel Arfer addas. Huw Llwyd Rowlands (Gwasg Gomer)
Gwarchod Pawb! addas. Hazel Charles Evans (Cyhoeddiadau Mei)

Mêl i Gyd? Mair Wynn Hughes (Gwasg Gomer/CBAC)

Llygedyn o Heulwen Mair Wynn Hughes (Gwasg Gomer/CBAC)

Tipyn o Smonach Mair Wynn Hughes (Gwasg Gomer/CBAC)

Dwy Law Chwith Elfyn Pritchard (Gwasg Gomer)

Codi Pac Glenys Howells (Gwasg Gomer)

Mochyn Gwydr Irma Chilton (Gwasg Gomer)

Cari Wyn: Cyfaill Cariadon addas. Gwenno Hywyn (Gwasg Gwynedd)

Un Nos Sadwrn. . . Marged Pritchard (Gwasg Gomer)

Cymysgu Teulu addas. Meinir Pierce Jones (Gwasg Gomer)

Gadael y Nyth addas. William Gwyn Jones (Gwasg Gwynedd)

Gwsberan addas. Dyfed Rowlands (Gwasg Gomer)

Coup d'État Siân Jones (Gwasg Gomer)

'Tydi Cariad yn Greulon! Gwenno Hywyn (Gwasg Gwynedd)

O Ddawns i Ddawns Gareth F. Williams (Y Lolfa)

Broc Môr Gwen Redvers Jones (Gwasg Gomer)

5 Stryd y Bont Irma Chilton (Gwasg Gomer)

Cari Wyn 'Gendarme' o Fri! addas. Gwenno Hywyn (Gwasg Gwynedd)

O Na Byddai'n Haf o Hyd addas. Manon Rhys (Gwasg Gomer)

Adlais Shoned Wyn Jones (Y Lolfa)